ГРИГОРІЙ КВІТКА-ОСНОВ'ЯНЕНКО

КОНОТОПСЬКА ВІДЬМА

УКРАЇНСЬКА БІБЛІОТЕКА

Українська Бібліотека
КОНОТОПСЬКА ВІДЬМА
ГРИГОРІЙ КВІТКА-ОСНОВ'ЯНЕНКО

Ukrainian Library
THE WITCH OF KONOTOP
HRYHORIY KVITKA-OSNOVIANENKO

Ілюстрація до обкладинки © 2023, Макс Мендор
Вступ © 2023, Glagoslav Publications
Про автора © 2023, Glagoslav Publications
Видавці Максим Ходак і Макс Мендор

Cover Illustration © 2023, Max Mendor
Introduction © 2023, Glagoslav Publications
About the author © 2023, Glagoslav Publications
Publishers Maxim Hodak and Max Mendor

www.glagoslav.nl

ISBN: 978-1-80484-119-8

Ця книга охороняється авторським правом. Ніяка частина цієї публікації не може бути відтворена, збережена в пошуковій системі або передана в будь-якій формі або будь-якими способами без попередньої письмової згоди видавця, а також не може бути поширена будь-яким іншим чином у будь-якій іншій формі палітурки або з обкладинкою, відмінною від тієї, якої було видано, без накладання аналогічного умови, включаючи цю умову, на наступного покупця.

This book is in copyright. No part of this publication may be reproduced, stored in a retrieval system or transmitted in any form or by any means without the prior permission in writing of the publisher, nor be otherwise circulated in any form of binding or cover other than that in which it is published without a similar condition, including this condition, being imposed on the subsequent purchaser.

Григорій Квітка-Основ'яненко

КОНОТОПСЬКА ВІДЬМА

GLAGOSLAV PUBLICATIONS

ЗМІСТ

Про автора 7
Вступ 9

Конотопська відьма

I 13
II 21
III 30
IV 42
V 50
VI 65
VII 75
VIII 81
IX 90
X 94
XI 99
XII 103
XIII 108
XIV 113
Закінченіє 116

Примітки 119

ПРО АВТОРА

Григорій Федорович Квітка, відомий також під псевдонімом Основ'яненко, народився 29 листопада 1778 року в селі Основа, недалеко від Харкова. Він був одним з перших письменників, хто відіграв ключову роль у розвитку української літератури і культури в період, коли Україна переживала значні соціальні та культурні зміни.

Квітка-Основ'яненко виріс у сім'ї священика і змалку проявляв інтерес до літератури та мистецтва. Його ранні твори були написані переважно російською мовою, проте згодом він перейшов на українську, відчувши глибокий зв'язок із рідною культурою.

Квітка-Основ'яненко вважається піонером української прози. Його твори вирізняються глибоким знанням українського фольклору та традицій, що він вміло використовував для створення яскравих і запам'ятовуваних образів та сюжетів.

Важливим аспектом його творчості було зображення життя простих українців. Він майстерно висвітлював реалії селянського життя, соціальні проблеми та психологію людей, чим здобув велику популярність серед читачів.

Окрім літературної діяльності, Квітка-Основ'яненко був активним громадським діячем. Він брав участь у культурному та освітньому розвитку України, зокрема, відіграв важливу роль у створенні Харківського університету.

Однією з найвідоміших його праць є "Конотопська відьма", оповідання, яке з гумором та сатирою висвітлює українські забобони та повір'я. Цей твір став класикою української літератури, відомою своїм остроумним підходом та глибоким зануренням у народні традиції.

Квітка-Основ'яненко також залишив по собі значний вклад у театральне мистецтво. Він написав кілька п'єс, які піднімали актуальні соціальні питання та допомогли розвитку українського національного театру.

Григорій Квітка-Основ'яненко помер 8 серпня 1843 року, залишивши по собі багату культурну спадщину. Його твори і досі відіграють важливу роль у культурному житті України, а його ім'я по праву займає видатне місце серед класиків української літератури.

ВСТУП

У глибині України, серед зелених ланів та старовинних містечок, знаходиться Конотоп – місце, де історія живе поруч з легендами. Саме тут, на перехресті реальності та фантазії, відбуваються надзвичайні події, описані у цій книзі. Центральною постаттю твору є Явдоха Зубиха, відома серед місцевих мешканців як "Конотопська відьма". Ця незвичайна жінка, обдарована не лише гострим розумом, але й таємничими здібностями, зачаровує та водночас лякає жителів міста.

"Конотопська відьма" – це не просто історія про магію та відьомство, але й глибокий погляд на українське суспільство початку 19-го століття. Через пригоди та випробування Явдохи, автор дотепно висміює тодішні забобони та суспільні норми, водночас піднімаючи вічні питання про справедливість, мораль та людську природу.

Григорій Квітка-Основ'яненко, майстер слова, веде читача крізь заплутані сюжетні лінії, сплітаючи реальність з фантазією, іронію з трагізмом. Його унікальний стиль письма відкриває перед нами картину старого Конотопа, де кожна вулиця, кожен будинок має свою неповторну історію.

Ця книга – не лише розповідь про минуле; це запрошення подивитися на сучасний світ крізь призму часу, відкрити для себе унікальність української культури та традицій. Вона надихає на роздуми про те, як історії, передані з покоління в покоління, формують наше розуміння світу та самих себе.

Пропонуємо вам поринути в чарівний світ "Конотопської відьми", де містика стає реальністю, а реальність – невичерпним джерелом натхнення.

Сюжетна лінія книги переплітається з численними фольклорними мотивами, вишукано відтворюючи колорит та ментальність українського народу. Кожен персонаж, від головної героїні до найдрібніших фігурантів, відображає різні аспекти життя та вірувань того часу, вносячи унікальні відтінки в загальну картину подій.

Авторське бачення Квітки-Основ'яненка у цій книзі не лише розважає, але й змушує замислитися. З його твором ми відправляємося у подорож, повну несподіванок та відкриттів, яка водночас занурює нас у глибину української душі, відкриваючи перед нами світ, де реальне й фантастичне взаємодіють, створюючи непередбачувану та захопливу історію.

КОНОТОПСЬКА ВІДЬМА[1]

повість

Присвячується Михайлу Якимовичу Бедрязі

I

Смутний і невеселий сидів собі на лавці, у новій світлиці, що відгородив від противної хати, конотопський пан сотник Микита Уласович Забрьоха. Хоч парень собі і чепурний був, а тут і у неділеньку святу не брав білої сорочки, та й – прощайте у сім слові – китаєвих синіх штанів на ніч не знімав, так, сердека, у них і ночував, рад-рад, що за північ допхався додому; а там чи заснув, чи ні, вже його, ще сонце не сходило, збудили. Зараз схопивсь, випозіхався, вичухався, помоливсь богу, нюхнув разів тричі кріпкої роменської кабаки, прослухав, що йому читали, дав порядок і, зоставшись сам у світлиці, сів на лавці: голова йому нечесана, чуб не підголений, пика невмита, очі заспані, уси розкудовчені, сорочка розхристана; край його на столі люлька і гаманець, каламар, гребінець і повна карватка ще торішньої дулівки, що ще звечора наточила йому Пазька у пляшку, а він, хоч і насипав у карватку, щоб то, знаєте, з журби випити, та як зажуривсь знова, та й забув, так і ліг та й заснув; та й тепер, уставши, не дуже на тую дулівку квапився, бо ще нове лихо зовсім його скрутило, і він і сам себе з журби не тямив.

Яке ж то там йому лихо зіклалося й від чого така журба його узяла? Але! тривайте лишень, я вам усе розкажу: і відкіля він так пізно приїхав, і зачим не дали йому добре й виспатись. Ось кете лишень кабаки, в кого міцніша, та й слухайте.

Пан сотник Уласович був чесного і важного роду. Таки хто скільки не зазна, то сотенною старшиною усе були Забрьохи; а діди і прадіди Микитові усе були у славному сотенному містечкові Конотопі сотниками; так від отця до сина так сотенство і переходило. От як і старий Улас Забрьоха, таки сотник конотопський, як помер… і що то жалкувало за ним козацтво! Та таки і усі люди, і старе, і мале, усі плакали. А як ховали, так труну його несли через усе село на руках, мов дітського батька, та біля церкви й поховали і добре на усіх обідах пом'янули. Як же відпили сорочини і громада зібралася на пораду, кого начинити сотником, то усі ув один голос і гукнули: «А кому ж будь? Уласовичу, Забрьощенку; якого нам луччого ськати?» Оттак-то й настановили його сотником, і став він із Забрьощенка вже й сам Забрьоха.

От він, поховавши батька, сюди-туди оглядівсь, аж вже йому годів двадцять п'ять; нігде дітись, треба женитися, треба дівки ськати… Батько-бо його, старий Улас, був собі скупенький, і коли, було, Микита, як озьме його за серце, стане батька прохати, щоб його оженив, то старий насупить брови, зирне на нього сторч та скаже: «Нехай лишень вияснеться, бач, нахмарило. Який тепер сякий-такий син жениться? Бач, хліб дорогий, по п'яти алтин мішок, та й тісно нам буде, як тобі жінку озьмемо: тільки і є, що хата з кімнатою, та через сіни противна хата, та й годі; де мені вас містити з дітворою, що вже знаю, що так і обсипле. Нехай лишень опісля подумаємо». То, було, Микита почухається та з тим облизнем і піде. Тепер же, як старий вмер, йому своя воля. Зараз узявши противну хату, перегородив, от йому є й світлиця, є й простор. Далі став дівки ськати і сів думати. Вже на яку-то він не думав? Перш би то так, що й де! Зараз на чернігівську протопопівну закинув та й сам злякавсь від неровні: одної одежі на два воза не вбереш, а намиста, кажуть, мірками батько відсипле; та таки й нічого: там і богослови їли печені гарбузи, так нашому братчику нічого туди квапитись. От він і спустивсь нижче, перебирав-перебирав, думав-думав… далі як сплесне у долошки, як загомонить сам собі у хаті: «Отсе так! Отсе моя! Хлопче! Сідлай мерщій коня!» Чи зібравсь, чи ні, мерщій наш Уласович сів на коня… і як затупотів, так тільки що оком його заздриш.

Куди ж то він так потяг прудко? Еге! Колись-то, десь-то на ярмарку бачив він хорунжівну Олену, от що на Сухій Балці хутір, прозивається Безверхий. Він, дивлячись тогді, дуже дивувався, що дівчина й молоденька, а купує борошна багацько; а як став розпитувати людей, так йому й розказали, що у неї нема ні батька, ні матері, а тільки самий брат; що вона хазяйка невсипуща, сама й около коров, сама й у полі при косарях і при женцях, а зимою у винниці сама догляда і се борошно окупує на винницю. Брат її, хорунженко, хоч парень і молодий, та не хоче женитись, а дума у ченці, бо як був недуж, так обіщавсь: «Коли, – каже, – видужаю, то піду у ченці, віддавши сестру заміж». От і видужав, і дожида доброго чоловіка, щоб йому і господарство, і сестру віддати, і вже ні до чого йому діла нема, усе тільки книжки чита, а Олена за нього усюди по господарству поворочується.

От туди-то потяг наш пан сотник Забрьоха. Не взяв же його й чорт на вигадки! Чує кішка, де сало лежить:

одно те, що дівка здорова, молода, оглядна, чорноброва, повновида, а худоби-худоби – так батечки! Свій хутір, лісок, винничка, млинок, вітрячок, а скотини та овечок – так нічого й казати! І усе то їй достанеться. Затим-то так наш Уласович і поспіша, що й коневі не дасть здихнути, і сам, не обідавши, тридцять семисотних верст, іще з гоном, не спочиваючи, переїхав, і як добіг до того Безверхого хутора й устав з коня біля хорунженкової хати, так так і хитається, мов п'яний, а я ж кажу, що він і не обідав нігде.

Поздоровкавшись з паном хорунженком і посідавши у хаті, от наші і розговорились промеж себе і призналсь, що ще й батьки їх промеж себе дружили, то і їм треба не цуратись один одного. Далі хорунженко питав пана сотника, що куди його бог несе і зачим? Зараз наш Уласович і став брехати, бо старі люди кажуть: тільки що ще задумаєш сватитись, то й станеш зараз брехати, і що без брехні ні жоден чоловік не сватався. Отже ж то сотник і каже, що буцімто йому треба брагу для волів найняти на зиму (а ще де та й зима? іще тільки петрівка йде), так він почув, що у пана хорунженка у винниці барда добра і добре скотини доглядають, приїхав найняти і сторжитись.

– Не знаю я сього діла і ні в віщо не мішаюсь; про те сестра зна, – сказав йому на одвіт пан хорунженко.

– А де ж Йосиповна Олена? Може б, бува, її покликати, то ми з нею і скінчаємо діло, – казав Забрьоха.

– Але! Сестра у полі; поїхали там трошки просця посіяти, так вона догляда, бо вже без неї ніхто нічого не тямить зробити. А ви, Уласович, не скучайте; вона надвечір і буде. Поки вона вернеться – дівко! а вточи лиш слив'янки! – то ми по кухличку, по другому вип'ємо. Та вже ви у нас, пане сотнику, і заночуєте, бо вже не рано, – сказав хорунженко.

– Панська воля! – одвіт дав Микита – і радесенький собі.

От як вицідили вони самотужки глек слив'янки, а далі і тернівки покуштували чи трохи, прибігла й наша Олена з поля. Бачить, що чужий чоловік, зараз мотнулась, звеліла із ставка потягти карасів і загадала вечерю вірити; сюди-туди шатнулась і увесь порядок дала, що й на завтра робити, і кому, куди і зачим їхати, а далі одяглась таки любенько, як звичайно панночці та ще й хорунжівні: до старенької плахти та почепила люстринову запаску, одягла тож шовкову юпку, та на шию дукат на бархатці, та червоні черевички узула, а на голову хорошу стрічку поклала, та й вийшла і поклонилась пану Уласовичу низенько.

Наш Забрьоха як побачив таку панночку, що не тільки що зроду не бачив такої, та вона йому і не снилась така, та аж задрижав і не тямить вже, що йому й казати, та вже хорунженко нагадав та й каже:

– Отже, пане сотнику, вам і хазяйка: радьтесь із нею, вона всьому голова.

Так що ж бо наш Уласович? Ні пари з уст. Далі прийнявся, мнявкав-мнявкав, та й начне про воли, а кінча про голуби, дума об барді, а скаже об тернівці, та як замовк, та й замовк, та знай слинку ковта, дивлячись на таку кралю.

Олена собі дівка бойка була. Хоч пан сотник і сюди і туди загинав, а вона його зараз розчухала, що він таке є і зачим приїхав, та вже й каже йому, і говорить: «Добре ж, паниченьку; допивайте ж на здоров'я тернівочку, та повечеряєте, та ляжете спати, а завтра –

дасть бог світ, дасть і совіт, то й порадимось, що треба робити».

Забрьоха, почувши сеє, та аж сам не стямився від радощів; дума: «От діло і зовсім, завтра тільки рушники брати». Та за кухлик, та давай знов смоктати з паном хорунженком, що у ченці збирається, а таки сього діла не кидається і ще й дуже полюбля.

Олена таки частенько до паничів увіходила, так буцім за яким ділом, а тільки щоб більш розглядіти Микиту Уласовича, що воно є; то як увійде та поведе очицями, що як терн-ягідки, на пана сотника, то в нього язик стане мов повстяний, і не поверне його, а сам аж пала. Полагодивши вечерю, вона вже більш і не входила: самі паничі повечеряли, і, докінчивши глек з тернівкою, пан хорунженко хотів вже іти спати, аж ось наш Забрьоха поплямкав, викашлявся, поцмокав, потер уси та й став ту рацею казати, що йому дяк скомпонував вже давненько для такого случаю; от і каже:

– Ось послухайте, паничу Йосиповичу, що я вам скажу: несорозмірно суть чоловічеству єдинопребиваніє і в дому, і в господарстві. Всякоє диханіє шанується у двойстві: єдино чоловікові на потребу – пояти жону і іміти чада. І аз нижайший возиміх сію мисль і неукротимоє желаніє. Пламень м'є раждижаєть і не отіду, дондеже не совокуплюся з ліпообразною, превелебнішою Кат… – Та й замовк. Се то йому дяк таке списав, як він було думав залицятися до протопопівни з Чернігова, і Забрьоха дочитав до самого кінця так, як було тогді напам'ять витвердив, та як згадав, що хорунжівна не Катерина, а Олена, і не превелебна, а так – панночка, от того-то й замовк, та ні туди ні сюди. Хорунженко зовсім було дрімав, а на сю рацію прислухавсь-прислухавсь та й каже:

– Що-бо ви, пане сотнику, отсе говорите? Щось я нічого не второпаю. Чи не після тернівки отсе ви такі стали?

Здихнув Уласович та й каже:

– Бодай його писала морока! Се мені таке написав наш воскресенський дяк...

– Та що воно таке є? – спитав Йосипович. – Чи се вірша, чи що?

– Але! я й сам не знаю, що воно і для чого, – каже Забрьоха.

– Так нащо ж ви мені проти ночі таке говорите? Мене вже з-за плечей бере.

– Та я б і не говорив, так лихо припало!

– Та яке там лихо? Кажіть швидше, спати хочу.

– Але! кому спати, а кому й ні! – сказав Уласович та, здихнувши важко, поклонивсь хорунженку низесенько та й каже: – Віддайте за мене Олену, сестрицю вашу!

– Йо! – сказав хорунженко, задумавсь, став чухати потилицю, і плечі, і спину, а далі каже: – Побачу, що сестра скаже, нехай до завтрього, лягайте лишень спати, – та й пішов від нього.

Ліг наш Забрьоха спати, так йому і не спиться: жде світу, не діжде, щоб швидше йому почути, що скаже Олена... Ну, сяк-так дождались світу, повставали панічі і позіходились. Зараз пан Уласович і пита:

– А що ж ви мені, паничу, скажете? Чи наша річ до діла, то я б побіг мерщій та з старостами і явивсь сюди закон сполнити. Кажіть-бо!

Сопить наш хорунженко і нічого йому не сказав, тільки гукнув у кімнату: «Ану, сестро! дай нам поснідати, що ти там придбала».

Ввійшла з кімнати наньмичка, поклонилась та й поставила на столі перед паном Уласовичем на сковороді… печений гарбуз!.. Як розглядів наш Забрьоха таку пинхву[2], як скочить із-за стола, як вибіжить з хати! Аж тут батрак вже й держить його коня, і вже осідланого: він мерщій на коня та навтікача побіля хат; тільки й чує, що люди з нього регочуться; йому ще й більш стидно, ще й більш коня поганя, та як вибіг з хутора, розглядів: що за недобра мати? Щось теліпається на шиї у коня! Коли ж дивиться – вірьовка; потягнув тую вірьовку – аж і тут гарбуз сирий причеплений! Кинув його аж геть, а сам за нагайку, знай коня паня, знай паня… Одно те, що сором, а тут і такої дівки жалко, та ще ж ні ївши, ні пивши! От вже наш Уласович і додому з гарбузом так і біжить, як біг до дівки, думіючи рушники брати. І самому лихо, і кінь морений; так насилу-насилу допхавсь додому аж опівночі і – як я розказував – мерщій ліг спати.

II

Смутний і невеселий сидів у світлиці на лавці конотопський пан сотник, Микита Уласович Забрьоха, а об чім він сумував, ми вже знаємо… Еге! та не зовсім: хіба чи не дасть нам товку отсей, що лізе у світлицю до пана сотника? А хто ж то лізе? Що ж се він так там мордується? То піткнеться у двері, та й назад наші. Отта хворостина, що несе у руках, та його спиня: коли держить її поперед себе, то тільки що ніс у двері ткне, а вже хворостина і обіперлась об угол; коли ж її волоче за собою, то зовсім увійде в світлицю, а вона за ним волочиться і чіпля його, як та сварлива жінка за п'яницею-мужиком; упоперек же і не кажи її всунути у світлицю, бо кріпко довга була. Лізе то не хто, як Прокіп Ригорович Пістряк, сотенний конотопський писар і щирий приятель пана сотника конотопського, Микити Уласовича Забрьохи, бо він без нього ні чарки горілки, ні ложки борщу до рота не піднесе; а вже на пораді, як Пістряк Ригорович сказав, так воно так і є, так і буде, і вже і до сто баб не ходи, так ніхто не переможе. Що ж то він за хворостину пре у світлицю до пана сотника? Але! лучче всього послухаймо, як і об чім вони собі будуть розмовляти, то тогді усе знатимемо. Та ще ж і те знайте, що пан Пістряк суть писар: дванадцять год учився у дяка в школі: у год вчистив граматку[3], два годи вчив часловець[4], півчварта[5] года сидів над псалтирем і з молитвами зовсім вивчив, та півп'ята[6] года вчився писати, а цілісінький год вчився на щотах; а промеж тим, ходячи на крилас, поняв гласи[7], і єрмолойні догматики[8], і Сковородині херувимські, туди ж за дяком і піддячим окселентує[9] і Павла чтеніє, коли небагацько закладок, утне на всю церкву голосно; а вже на річах так бойкий, що як розговориться-розговориться, та усе не попросту, усе з писання, так і наш отець Костянтин, даром що до синтаксису ходив, слуха його, слуха, та здвигне плечима, та й відійде від нього, кажучи: «Хто тебе, чоловіче, зна, що ти там говориш!» Оттакий-то був у нас у Конотопі писар, отсей Прокіп Ригорович Пістряк; та як стане він з паном сотником Забрьохою розмовляти, так ви тільки слухайте, а вже чи второпаєте що, не знаю, бо він у нас чоловік з ученою головою, говоре так, що і з десятьма простими головами не розжуєш.

Отже-то, як пан сотник бачить, що пан писар не влізе у його світлицю за тою довгою хворостиною, та й пита:

— Та що то ви, пане писарю, якого чорта до мене в світлицю прете?

— Та се, добродію, лепорт[10] об сотеннім народочисленії, в наличності предстоящих по мановенію вашому, та – бодай він сокрушився в прах і пепел! – невмістим єсть в чертог ваш. Подобає або стіну протяти, або стелю підняти, бо не влізу до вашої вельможності! – сказав Пістряк та й почав знову возитись з тою хворостиною.

— Що ж то за лепорт такий довгий? Хворостина ж йому, мабуть, замість хвоста, чи що?

— Хворостина сія, хоча єсть і хворостина, но оная не суть уже хворостина, понеже убо суть на ній вмістилище душ козацьких прехваброї сотні Конотопської, за ненахожденієм писательного существа і трепетанієм десниці і купно шуйці. – Оттак відсипав наш Пістряк.

– Та кажіть мені попросту, пане писарю! О, вже мені те письмо остило та опоганіло, що нічого і не второпаю, що ви кажете-говорите. Тут і без вас нудьга узяла, і печінки до серця, так і чую, як підступають, – сказав пан сотник та й схививсь на руку, та трохи таки чи й не пустив слізочок пари-другої.

– Горе мені, пане сотнику! – сказав Пістряк, – мимошедшую седмицю глумляхся з молодицями по шиночкам здешної палестини і, вечеру сущу минувшаго дне, бих неподвижен, аки клада, і нім, аки риба морская. І се внезапная вість потрясе мою унутренную утробу, а паче і паче, єгда прочтох і уразуміх повелініє милостивого начальства збиратися у похід аж до Чернігова. Сіє, пане сотнику, пишуть, щадя душі наша, да не когда страх і трепет обуяєт нами і ми скорбні падем на ложі наша і уснем в смерть; і того ради скритность умислиша, аки би у Чернігов, а хто вість? Чи не дальш іще. О горе, горе! і паки реку: горе!

– О горе, горе Ригорович!

– О горе, горе, Уласович!

Оттак-то горювали пан сотник з паном писарем, що прислано їм предписаніє іти в Чернігов зо всею сотнею і зібратись зо всім прибором і узяти провіонту для себе і коней на дві неділі. От як горюють пан сотник у світлиці, а пан писар за порогом, далі сей і вигадав – бо вже на вигадки завзятий був – та й каже:

– Соблаговоліте, пане сотнику, дати мені повелініє о сокрушительном преломленії сієї трикратно опоганівшої хворостини, я же нині суть у ранзі лепорта, бо самі созерцаєте ясними, хоча і не вмитими, вашими очесами, що неумістим єсм з нею у чертог ваш.

Почухав голову пан Уласович, довго думав, далі й каже:

– Себто, по-вашому, переломити хворостину; так ти-бо кажеш, що се вже не хворостина, а лепорт об нашій сотні, так щоб часом не було натруски від старших; бо і сам здоров знаєш, що пан полковий писар щось до нас добирається і так і підгляда, щоб мокрим рядном на нас напасти.

– Не убоїмся, не устрашімся супостата зо усею його враждебною силою. Сего ради довлієть нам против нього бути мудрим і сіє послєднє реченноє предписаніє неупустительно сполнити і того для повели, вельможний пане, да сокрушу сію палицю. – Так, покручувавши уси і очі у стелю утопиривши, казав пан Пістряк, а далі бачить, що пан Микита йому ні пари з уст, бо й досі ще не второпав, що той йому каже, та й скрикнув: – Так ламати?

– Та ламай, пане писарю!

Хрусь! Пан писар і переломив хворостину. «Переломишася, – каже, – і се нині можу вміститися в чертог твій». – Та, сеє кажучи, і уліз в світлицю, і кланяється пану сотнику, і подає йому з двох рук по цурпалку, і каже:

– Подозвольте, приньміте!

– Та що ти мені отсе, пане писарю, тикаєш у вічі? Чи їх виштрикати хочеш, чи що? – питається його пан сотник, притулюючись до стіни, а, боячись, дума: «Чи не погнав Ригорович вп'ять химер, як було після перепою на великодніх святках». – Що воно таке є? Кажи мені попросту, без письма!

– Сіє суть, пане сотнику, замість списка нашої сотні, – каже писар, – його вже не возмогах списати за дрижанієм десниці моєя, від глумленія пиянственного з вищеіз'ясненними молодицями, і того ради узях хворостину і на ній назнаменах коєгождо козака, і се суть вірноє число: у кожному десятці по десять козаків, а усіх такових десятків суть такожде десять, слідовательно уся сотня, як скло. Соблаговоліте, пане сотнику, щот їй учинить по сій хворостині і лицем к лицю самую єстественную сотню, зібравшуюся біля палестини Кузьмихи, кривої шинкарки, очесами обозріти.

– Еге, пане писарю! – каже йому пан Уласович. – Я б, пожалуй, соблаговолив, так ліків більш тридцяти не знаю. Лічи сам і роби як знаєш, ти на те писар; а я усе опісля підпишу, бо я на те сотник, щоб не лічити, а тільки підписувати.

От і став пан Пістряк лічити; лічить-лічить, а у п'ятій сотні одного козака не долічиться. «Що за притча? – аж скрикнув. – Сощитах, і були усі, і се єдин не обрітається. Ізиду і поки учиню перепис, хто з оглашенних не дав мені і пред очі ваші стати, біжа і окрився. Не хто, як, уповательно, Ілько Налюшня».

От і пішов надвір до козаків лічити, а пан сотник зараз кинувся до карватки з дулівкою та, не віддихаючи, журби ради, та й висмоктав її дочиста. Аж ось і пан Ригорович з своїми цурпалками лізе у двері, і веселенький, і швидше, щоб втішити пана сотника, і каже: «Не журітесь, добродію! Усе козацтво наше укупі, ні жоден не пошвандяв нікуди; ось де вони є». І прийнявся лічити, – вп'ять у п'ятім десятку нема та й нема козака! Як затупотить Ригорович ногами, як ухвате себе за чуб, як почав коренити і батька, і матір, і увесь рід того пресучого сина козака, який ховається, поки він лепорт унесе у хату, до пана сотника. Як надворі ліче, так усі до єдиного, а у хаті ліче, то один, та усе у п'ятому десятку, так і щезне, неначе його злидень злиже! Вернувсь пан Пістряк до сотні, перелічив козаків – усі; вернувсь до пана сотника, лічить по хворостині, що кожного позарублював, – катма одного; хтось утік. Вп'ять вернеться до сотні, щоб тому, хто ховається, голову побити, та бо усі якраз, а у світлиці по зарубкам нема одного. Та разів десять таке йому було привиденіє. Вже аж засапавсь сердешний, бігаючи з хати то в хату, то до сотні, то від сотні, що вже й пан Уласович убрався і зовсім вирядивсь і вже шапку узяв, щоб іти до сотні, так у пана писаря один козак усе утіка, і хто такий – не звісно, бо усі на зборі і один одного держить за пояс, щоб не утік ніхто, поки їх по хворостині перелічують.

– Та годі тобі, Ригоровичу, шастатись. Ходім та удвох зо мною перелічимо. Коли там усі, а на хворостині нема одного, так кат його бери! нехай той і пропада, аби живі усі були. – Так сказав пан сотник та й приглядається пильно на писаря, чи до діла то він сказав і що чи не гримне він на нього за нісенітницю, як воно й часто бува.

Довго слухав се Прокіп Ригорович і пальцем поводив, а далі як цмокне, як підскоче, як крикне: «От сяя річ до діла! Утробою сожалію, що таковоє мештаніє ізіде із глави моєя і уклонися у дебрі пустинния. Та вам, пане сотнику, довліїть і полковим суддею бути за таковоє неограниченноє і мудроє рішеніє, єго же і аз не возиміх. Ходімо же, батьку! Нині возвеселися утроба моя од цілості сотні, і, скончавши діло, урем'я і подкріпленіє вчинити».

От і пішли. Агу! І наш пан сотник повеселішав трохи, що якось-то ні думано ні гадано та придумав до ладу, та ще й так, що й сам Прокіп Ригорович Пістряк, конотопський сотенний писар, та й той його за вигадку зроду вперше похваляє. А Ригорович іде за сотником, та своє гада, та дума: «Се на біду вже йде, коли пан сотник та буде розумніший мене. Нащо ж йому і писар, коли сам буде і видумувати, і підписувати? Отсе тільки не видно, що сам буде й писати та, може, й на щотах викидати. Та не дамся-бо!.. Я йому хука усучу». Підійшли до самого шинку Кузьмишиного, аж тут і сотня стоїть і, поскидаючи шапки, поклонились пану сотнику.

– Здорові були, діти! Чи всі ви тут? – спитав їх пан сотник і, узявшись у боки, обглядав їх оком, неначе облічував або розглядав кожного у пику; а він – я ж кажу – більш тридцяти ліку не знав, а козака ні однісінького у твар[11] не знав і не тямив, хто з них Демко, а хто Процько.

– Здоров, батьку! – торохнула йому громада. – Усі ми тутечки-здесь до єдиного.

– А перелічи, писарю, чи не сховавсь який, – повелівав пан сотник, надувшись, як той сич.

От писарю Ригоровичу вп'ять біда. Усі козаки, і як стулив хворостину докупи, так і по зарубкам усі.

– Та який же там чорт мандрував, як я увіходив до пана сотника? – крикнув Пістряк з серця та аж ногою тупнув.

– Та тривай лишень, Ригоровичу! – сказав йому, усміхаючись, пан Уласович. – Адже і козаки усі, і з хворостини ні жоден не втікав. Се ти як переломив хворостину, так вона якраз на козакові хруснула. От ти, держачи її на дві половини, тим одного і долічувавсь.

А козацтво, сеє слухаючи, як підніме регіт: «Так-таки, вельможний батьку, так!» – знай кричать і кажуть: «Оттакий, бачу, наш писар! О! бодай його».

– А бодай ви показились і з козаками, і з хворостиною, і з ліками, і з начальством, – кричав на всю вулицю Ригорович, а сам як не лопне з серця. Ухопив тую хворостину, поламав, потрощив її на шматочки та й кинув козакам у вічі, приговорюючи: – Цур вам, пек вам; осина вам; нехай вам стонадцять лихорадок і півтора стільки ж чирячок і болячок, коли знайшовсь уже розумніший мене. Нащо я вам? – Та й почав в'ять з письма: – Ізийду у пустиню і уселюся у горах Араратських, у послідніх моря. Цур вам!

От пан сотник його і спинив і, узявши за руку, і каже:

– Годі ж, Ригоровичу, не сердься. Уряди-годи, довелося мені з тебе покепкувати, а ти вже й сердишся. А тямиш, як мені підсунув лепорт, а я, нічого пак не вміючи писати, та на ньому сторч і підписав. А пан полковник і підписав, що, – каже, – конотопський сотник, пане Микито, ти єси дурень! Та я за те на тебе і не сердився, хоч ти і довго мені об тім докладу докладав і в вічі насміхався. Годі ж, годі! Ходімо обідати…

– Нехай вам сей та той із вашим обідом, окроме хліба святого. Бодай той подавивсь, хто таку мудрацію мені втяв!.. – замотав руками наш Пістряк, усе сердячись, та й потяг, не оглядаючись, додому, та й бормоче сам собі: «Подавишся, як я тобі галушку піднесу… Підведу тебе під монастир… Буде у Конотопі сотник, та не Забрьоха… кланятимуться і Пістряку».

– А нам же яка порада буде? – загули козаки, дивлячись, що усе їх начальство чи переказилось, чи кат їх зна: писар, мов після дурману, повіявсь собі додому, а пан сотник понурив голову та теж потяг до своєї хати. От вертають пана сотника і питаються, що їм робити і для чого їх зібрали?

– А лисий дідько вас зна! – крикнув на них Микита Уласович, лаючи і в батька, і в матір. – Цур вам, відчепітесь від мене. Війтесь собі, куди хочете, хоч на шибеницю. Який я порядок дам, коли писар сказився? У нього лепорт (се пан Уласович усяку бумагу узивав лепортом, не вміючи вимовити, чи там предписаніє, чи що бувало); нехай, – каже, – чи не проспиться, бо він часто химери гонить, так тоді і розтолкуємось, а тепер – ніколи. – Та й пішов тихою ступою додому.

На те дивлячись, і козацтво рушило: хто у шинок, хто у солому після такої муштри спочивати; а інші мотнулись на вгороди дівчат полохати…

III

Смутний і невеселий сидів собі на лавці, та вже не в світлиці, а у великій хаті, конотопський пан сотник, Микита Уласович Забрьоха, вернувшись після огляду козацької сотні. До того лиха, що йому учора Йосиповна Олена, панна хорунжівна, піднесла, мов тертої під ніс кабаки, печеного гарбузця; що він після учорашнього дня ще не пив, не їв, а тут ще не виспався; що треба йому збиратися с своєю сотнею у похід, аж у самісінький Чернігов; та я ж кажу, після такої біди ще й нове лихо зіклалося йому, що розсердив свого сотенного пана писаря Прокопа Ригоровича Пістряка, а розсердившись, вже він не буде ніякої поради давати, як начальство пришле об чім лепорт чи як там його; тогді що чинити? От з такою бідою як йому не бути смутному і невеселому? Еге! Сидить собі, сердека, у великій хаті на лаві, кінці стола, голову понурив аж трохи чи не до колін! Сидить же він вже не час і не два… аж ось із кімнати і обізвалась до нього наньмичка:

— Чого-бо ви, паниченьку, сумуєте і сидите мовчки? Чи не пора вже лагодити обідати?

— Не хочу! — сказав Уласович, та й здихнув тяжко та важко на всю хату, і підпер голову рукою.

От наньмичка, погодивши, і вийшла з кімнати та, дивлячись на нього веселенько, як тая ясочка, і каже:

– Або, може, ви вже пообідали, так, може, або ськатись хочете… абощо?

– Не хочу! – один одвіт дає Уласович і не дивитьня на неї.

Посупившись, вернулась наньмичка у кімнату та й сіла у куток, ворчачи: «Отто вже, мабуть, був у попа та, мабуть, там і обідав; бо вже ті попівни, хоч до кого, так підіб'ються». І усе, сидячи собі, знай коренила попівен.

А Микита Уласович знай собі сидить і дума про своє. Аж ось… рип!.. хтось увійшов у хату… Пан сотник зирк!.. аж то ввійшов не хто, як наш Ригорович. Мабуть, відсердився? Ні, він не відсердився, а прийшов з хитрощами до пана Микити; ось слухайте, що тут буде… От, увійшовши, та мовчки і став біля дверей.

Не зрадувався ж і пан Уласович, як вздрів щирого свого приятеля, а пуще тим, що думав собі: «От теперечки вже він не сердиться і дасть мені пораду у моїй біді». Так Ригорович-бо не туди гне: як став біля дверей та і став, і мовчить собі, і ні пари з уст не пустить.

– Що скажеш, Ригоровичу? – питав писаря пан сотник, а той йому одвіт дає, не сходячи з місця:

– А що повелите, пане сотнику?

– Та ну собі у болото з своїм сотничеством! Хіба не знаєш моєї натури? Перед козаками так я сотник, а ти писар; а коли ми удвох у хаті, так ми собі брати. Сідай же, будемо обідати, – так казав Уласович.

– Дякую! Я вже обідав. – Та й кивнув головою Ригорович, сеє кажучи.

– Отто вже й бреше! – каже сотник. – Так сідай-таки, я обідатиму, а ти пий дулівку; що за мудра, торішня, ще тільки на сім тижні почали, так там така, що і п'єш – і хочеться.

– Ізпих тресугубую чашу бідствій, – сказав, здихнувши, писар, – і вже не можу вмістити болі́є суєтливої дулівки, де не когда обрящеться во устах моїх яко полинь.

– Та що бо ви, пане писарю, – став до нього сотник люб'язно говорити, – якого чорта і досі на мене адом дишете? За віщо і про віщо? І сам старий циган не розбере.

– Не ліпо єсть, пане сотнику, совокупляти фараоницькоє всевоїнство з нами, правовірними. Тут і без цигана можна возгребіє сотворити. Єгда поднесоша мені тресугуботреклятую пинхву, убо что єсм після сього? Аки конь і меск! Тьфу! паче і обаче!

– Та яка ж там, пане писарю, пинхва! От тільки що ти не второпав тієї проклятої хворостини...

– Да погибнеть она з шумом в пещі огнепалящій! А вам було, пане сотнику, дивлячись на моє глумлєніє, мовчаніє учинити і не при громаді, аки лев рикающе, вознепщевати на м'я, но особ мене появше, повідати було мені істину, да не возсміються надо мною наші козаки і рекуть нині: «Писар наш суть дурень, не вмів розібрати, що хворостина суть удобосокрушаємая». Адже я вам добре ще в світлиці повідав: п'ян бих і не ізтрезвихся єще во оноє урем'я; і аще руці мої дрожаша, аки древесно листвіє, то якова бисть глава зо всіми помишленії? Бисть як треволненноє море. Того для подобало було вам, пане сотнику, всп'ять зря, покрити прегрішення брата вашого; сиріч устами ко вуху повідати йому, а не во все козацькоє услишаніє.

– Отже, твоя правда, Ригоровичу; тепер я і сам бачу, що воно так є, – казав наш Уласович. А се було завсегда так: що що Пістряк не здума, що не скаже, то вже пан сотник мерщій і каже: «Так, так воно є». От як і тепер підтакнув і, дивлячись йому в вічі, побачив, що се Ригоровичу – як по губам вареником з маслом; от і став сміліш з ним розговорювати і зашучувати, і каже: – Сідай же, приятелю; якого-бо ти чорта там біля порога маячиш, як той цуцик на вірьовці? Іди ж, іди; сідай біля мене; я буду обідати, а ти тягни дулівку. Пазько! А внеси лишень повну носатку дулівки! – Вийшла Пазька з кімнати і, переходячи через велику хату, вже веселенько глянула на свого панича. А Прокіп Ригорович думав-думав, далі став по хаті ходити і співа собі під ніс псальму: «Склонітеся, віки, со чоловіки»; а далі як бризне шапку об землю, як здихне, та й підійшов до пана Уласовича і, закручуючи уси, став йому казати:

– Єй, істинно, не лгу. І да пожреть меня общая матер наша земля на соньмищі, аще збрешу хоч півслова. На довліть ні єдиному начальнику угобзення творити своїй десній руці, сиріч писарю; понеже і поєлику: усяк чоловік імать главу, глава імать розум, розум імать волю, а сія рекомая воля повеліваєть і десницею, і шуйцею, і усяким членом. Но сіє суть приклад і сицевоє розумініє: чоловік – Конотопська сотня; глава – пан сотник; розум во главі – аз, мізерний писар; аз імію волю, сиріч дарованіє, написати бумагу, так що неглі і сам полковий писар утне подобную. Аще лі убо чоловік не повинується главі, уне їй єсть... такожде і глава розуму; во оноє урем'я імать біти см'ятеніє і содроганіє; тако і зді; аще сотня не імать повинутися пану сотнику, а сей вопреки імать творити мені хуждшему і, що паче усього, не прикривати його незнаній, но єще і глумитися? Оле! пощо я й на світі пребиваю?

Та, наговоривши такого, сів на лавку і рукою підперся та й журиться. А Микиті Уласовичу його і жалко стало і каже йому:

— Коли правду, братику, сказати, то я не второпав нічогісінько, що отсе ти мені розказав; бо се, бач, з письма, а ти знаєш, що я його не втну і що воно мені зараз завадить, як хто з ним до мене підверне́ться. Зділай же дружбу, не сердься на мене, та з серця не говори мені з письма, а кажи просто. Тут і так, не тобі кажучи, лихо та ще з лихом, а тут ще у поход іти. Ось давай про се толкуватись, що нам по тому лепорту робити...

— Чортзна-що ви говорите, — загомонів писар на пана сотника, — чи подобає же от начальства до подчиненності писати лепорт? Повелініє. Несметноє множество разів казах вам, і се усе всує.

— Та усе ж то лепорт, не що більш. Я рад, що й лепорт витвердив, а другого, що ти кажеш, так я не вимовлю. Так кат їх бери з лепортами, а от давай товкуватись, як у поход збиратись. Адже сотня уся, то й добре; ну, дальш кажи, що робити?

— Гм, гм! — став кашляти Ригорович, як згадав, як він лічив сотню. От і став під нього підкопуватись, щоб пана сотника втопити, а самому... Ну, та не будемо поперед розказувати, а слухатимемо, як там було; отже він і каже: — Що повелить пан сотник, маю невпустительно сполняти.

— Та зділай милость, Ригоровичу, годі мені сього докладати! — казав пан сотник та й сіда за стіл, бо Пазька внесла обідати і повну носатку дулівки. — Сідай, — каже, — зо мною; а коли не хоч обідати, так тягни дулівку та об ділах мені не докучай.

От сотник мовчки обідає, а писар сидів-сидів, мовчав-мовчав, далі за ложку, та у ту ж миску... та й почав, як він каже, сокрушати перш борщ гарячий з усякою, мілкою рибкою, та пшоняну кашу до олії, далі захолоджуваний борщ з линами, а там юшку з миньками та з пшеничними галушечками, та печені карасі, та більш і нічого. Хоч наш Ригорович і обідав дома не менш того, що тепер їв і в пана сотника, так йому се нічого: він у дяка у школі вчився, так за голос, що було як на обідах підніме, так як той дзвоник, на усю вулицю чути, що аж у вухах лящить, так його пан дяк було по обідам і водить; то з ним привчився і наш Ригорович, і йому не страшно було хоч шість обідів обідати; так тим-то із Уласовичем, як побачив добру страву та ще з свіжою рибою, так і прийнявсь молотити, неначе ще нічого зранку і не їв.

Як їв, їв добре, що аж за вухами лящало, далі схопив носатку та, не наливаючи у карватку, так з неї усю дулівку і вицідив. Далі, уставши з-за столу, подякував богу і хазяїну, сів на лавці, викашлявсь, уси розгладив і каже:

– Добрия ради трапези і преотмінния дулівки предаю вишному забвенію прискорбіє моє. Да не пом'янеться к тому треклятая хворостина, преломленієм своїм похитившая було єдиного козака. Цур їй! Да пребудеть вона тресугубо анахтема проклята і да згорить в пещі халдейській, а ще лучче, як в гиєнні огненній. Давай же діло говорити і діло творити. Да будеть вам, пане добродію, відомо, що нам невозможно у поход виступати! О! – і почав карлючки гнути.

– Йо! – аж скрикнув пан Уласович з радощів і підбіг до нього, щоб випитувати, і каже: – Як же се можна? А лепорт?..

– Але! ви таки усе своє! – каже Ригорович. – Вам хоч кіл на голові теши, то в вас усе лепорт. Ну, дарма! Хоч би вони як не розписували, а нам не можна йти: нам не суть удобно, нам ніколи!

– А чому ж нам ніколи? Зділай любов, розжуй мені і сеє слово: чому нам ніколи?

– Гм, гм! – викашлявшись і подумавши, сказав Ригорович, – яковая нам соприкосновенность до Чернігова і до самої полкової старшини, аще мир весь погибаєть?

– Як се то? – злякавшись, питав пан Микита. – Від чого мир погиба? Що ж се таке? Я, конотопський сотник, та й не знаю, що мир погиба? Та кажи-бо, будь ласка, від чого він погиба і чи не можемо його як-небудь оборонити або підперти?

– Погибаєть! – здихнувши, каже Пістряк. – Всім зрящим і дивующимся, ніхто же о помощі не радить. Зріте, пане сотнику Уласовичу, і ужасайтеся! Три седмиці і пол дощ не спаде, і земля не одождися, і небо заключися; вся перетворишася в прах і пепел, вся прозябенія ізсохоша, і єдиная пиль носиться у нашій вселенній і – о, горе мні, грішнику! – пиль сія водворяється в непорочнім доселі носі моєм і дійствуєт чиханієм, подобно аки би от нюхновенія нестерпимия і треокаянния – тьфу! кабаки, от нея же чист бих і непорочен от утроби матере моєя до здї. О горе!

– Так від чого тут миру погибати, – казав пан Забрьоха, – коли ти, пане писарю, чхаєш?..

– Але! чхаєш! – покрутивши головою, казав Ригорович. – Чхнеть і не тільки я, та хоч би сам полковий писар, та що й казати: чхне і наш найяснїший і найвельможніший пан гетьман, як оная зломерзкая кабака возгнїздиться у носі його ясновельможності, а її, окаянної, подобіє суть сицевая пиль, вітром возметаємая. І аще не сотворим внезапного одожденія, усе ізсохнеть і погибнеть! зелїє і злак ізв'яднеть, і не будеть хлібного проізростанія; тогди і ми не точію воздихаєм, но і умрем от глада і жажди внезапною смертію. Розумно вам реку: подобаєть одождити бідствующую землю нашу!

– Отже, я тільки через десяте-п'яте уторопав, що ти, пане писарю, мені говориш. Адже ти кажеш, що дощу в нас нема? Так що будемо робити? Чи ми можемо сили небесні знати і можемо зробити, щоб дощі йшли?

– Можемо! – закричав на усю хату наш Пістряк, а далі як стукне кулаком по столу і ще дужче крикнув: – І паки реку, можемо.

– А кажи, кажи, пане писарю, як? Я і конотопський сотник, а щось і досі сього не знаю, – питав пан Забрьоха.

– Внимайте, пане сотнику! Та, будьте ласкаві, Микито Уласович, уторопайте, що я вам казатиму, щоб мені по десять разів не товкти вам одного. Є на світі нечестивиї баби, чаятельно от племене ханаанського, по толкованію, канальського, іже вдашася Веельзевулу і його бісовському мудрованію, і імуть упражденіє у відьомстві, іже ночним уременем, нам возлежащим і сплящим, сії нечестивиї ісходять із домов своїх і, воздівше на ся білую сорочку, розпускають власи своі, яко вельблюжії, і, пришедше до сосідських і других жителей пребиваній, увходять у кравницю, просто рещи, хлів, і імають тамо крав, і доять і їх, і кротких овечат, і бистроногих кобилиць, і сук злаго собачого ісчадія, і, что реку? воздояють дряпливих кішок, вредоносних мишей, розтлінних жаб... і усякоє диханіє ползущеє і скачущеє, імущеє млековмістимия устроєнія, доять їм токмо нчсестивим ізвісним художеством; і собравши усі сії млека, диявольським обаянієм претворяють оноє у чари і абіє проізводять усе по своєму намірению, якото: викрадають ссущих младенцов з утроб материних і влагають ув онія або жабу, або мишу, або єще і щеня; поселяють вражду і роздор проміж супружнього пребиванія; возбуждають любовноє преклоненіє у юноші к діві от онія к оному, і прочеє зло неудоборекомоє; а паче усього, затворяють хляби небеснії і воспрещають дождеві орошати землю, да погибнеть род чоловічеський. Чи понятно вам теперечки, добродію, відкіль сія напасть постиже нашу палестину, яко не імами ні краплі дощу, даже і до днесь? Нуте-бо, не позіхайте та кажіть: чи урозуміли глаголаніє моє?

– Аякже? Хоч і по... зі... хаю, а вже урозумів. Ти отсе мені розказував, що в нас чи дощу нема, чи що?

– Так, так. Но через кого сіє бисть?

– Чи через... жаб, чи... через кого... я щось не розслухав.

– Та яких там жаб? Через відьом, через відьом, реку вам.

– Та цур їм, не споминай їх мені, пане писарю! Хоч до вечора і далеко, а як налякаєш мене, то усю ніч буду жахатись і не спатиму: усе відьом буду боятися.

– Та нам не подобаєт їх устрашатися, а довлієт іскореняти до третього роду.

– Як же ти їх, Ригоровичу, скорениш? Ти за неї, а вона перекинеться клубком, кинеться тобі під ноги, зіб'є тебе та й щезне. Хіба ж не бува сього? Чи мало старі люди такого розказують, так що, наслухавшись, цілу ніч дрижаки спати не дадуть.

– Не точію старії люди, но і аз може вам повідати про таковоє глумленіє. Єдиножди, вечору сущу, парубоцтво яша м'я і поведоша на вечорниці, ідіже ядохом, гуляхом довольно, а пихом без міри, єліко можаху; і єще мені у твердості сущу, ідох у своє містопребиваніє, і, не доходящу ми хижини старої Цимбалихи, внезапу під нозі мої вержеся нічтось; глава моя закружися, і аз шатахся і мотахся сімо і овамо і, не могущу ми удержатися, падох аки клада і успох, і спах тамо недвижим, аки мертв, дондеже возсія утро. Сиє ж бисть не іноє, яко навожденіє преокаянної відьми. Подобаєть убо їх добре привтюжити, да ізліють дождь із своїх сокровенностей і да оросять землю.

– Як же нам, пане Ригоровичу, за них узятись, щоб вони вернули дощі і щоб нам не наробили опісля якої капості?

– Не устрашимся і не убоїмся! – сказав пан Пістряк. – Блаженния і вічния слави достойния пам'яті, пріснопоминаємий родитель ваш і отець, Улас Панасович, велеліпний пан сотник прехраброї Конотопської сотні, єго же мудрому управленію уся вселенная дивуваса – і да почієть над ним земля пером, – той з сими бабами єгипетськими, просто рещи, відьмами, управляся благочестивомудренно. Довлієть і вам, добродію, по приміру оному невпустительно сотвореніє учинити.

– А що ж покійний панотець з ними робив? Кажи лишень, може, і я теж зумію зробити?

– Частопоминаємий отець ваш їх возхищаше і у річці топляше. Аще кая суть відьма, та не погрязнеть на дно річноє, аще і камень жерновний на виї єя причеплють; аще же непричасна єсть злу сему, абіє погрязнеть у воді. Повеліть, пане сотнику, чи топить їх?

– Та топить їх! Нащо ледащо жалувать? – рішив Уласович.

– Благо єсть, – каже писар, – утру сущу повелю уся устроїти, яко же обичай при такому казусі буваєть, і усе будеть благоліпно; а у Чернігов вже не підемо?

– Та ні, пане писарю, не підемо. Тільки… як би відкрутитись від них?

– Та відкрутимося, пане сотнику; і сего ради абіє немедлінно пошлемо гінця пішки, кривого Ілька Хверлущенка, да шкандибає до вишшого начальства з лепортом, що нам не можна у поход іти, занеже ми обаче погружаємо відьом у бездну нашого ставка, іже щаться погубити увесь мир, сокривше дождь у сокровенностях своїх.

– Добре, добре, пане писарю, отсе ми дуже мудро придумали. Ідіть же та пишіть лепорт, а я щось, розговорюючи з вами, кріпко спати захотів. Мав було розказати і про свою біду, так не здужаю, так і куняю… – Так казав пан сотник, кріпко позіхаючи.

Ось Прокіп Ригорович пішов порядок давати, як завтра відьом топити, а Микита Уласович ліг спочивать та наперед троха чи й не ськавсь.

На руку ковінька нашому пану Пістряку. Зробив з паном сотником, що йому треба було і чого йому давно хотілось. Пошив у дурні, підвів, щоб не слухав предписанія начальства, не йшов у Чернігів, може, від татар або від ляхів відбиватись; а поки кривий Хверлущенко з одною ногою дошкандиба і начальство прочита лепорт, що пан конотопський сотник, замість діла, прийнявсь відьом топити, подума, що він то був нерозумний, а то вже й зовсім одурів… «Певно, його змінять, а сотником настановлять… уже ж нікого більш, як мене». Так дума собі Ригорович; та кахикнувши, як пан дяк, збираючись читати полунощницю, дума: «І ураговим бабам і молодицям, хто мені якусь капость робив, або… теє-то… не сотвориша послушанія… знаю таківських… усім віддячу, позаполіскую їх добре! Спасибі, що мій дурень гне шию і лізе у біду, як віл у ярмо. Тепер, Прокопе, тільки паняй!» Далі здихнув, та сам собі аж голосно сказав: «Зіло для нашого братчика, хитрого та розумного писаря, любезноє діло єсть, єгда начальствующий такий дурень, як наш пріснопоминаємий пан Забрьоха! Не оскудіє і десниця, і шуйця, і восполняється кишеня і скриня. Не вменши, боже, таківських!»

IV

Смутно і невесело було раз уранці у славному сотенному містечкові Конотопі. Хоч до сход сонця, поки ще й місяць не гаразд сховавсь, і піднявсь було по усім вулицям гомін, бігання, крик, галас; та й стихло, і увесь народ щез, так що ні по хатам, ні по вулицям нема нікогісінько, мов у шинку на великдень перед вутренею. Тільки й чути, що корови скільки є духу ревуть, затим хазяйки не йдуть їх доїти і не думають виганяти їх до череди; телята по хлівцям, чуючи, що їх матки ревуть, мекають і подають голос, ніби просячись, щоб і їх швидше випускали; овечки мекекають; кози собі теж за ними, та тупотять, та бігають по загороді, шукають, куди б то вискочити і за собою овечат повести; коні ржуть на усе село, аж луна по зорі йде; по хлівцям гуси гегекають, качки кахкають, квочки кудкудакають – бо усякеє диханіє без чоловічої помощі страждa; а чуючи такий гвалт, собаки то брехали, а то вже стали вити; малі дитинята, такі, що ще не здужають ходити, лазять круг своєї запертої хати та, учепившись рученятами за приспу, силкуючись, підніметься на ноженята та знайде на приспі скіпочку, та, узявши у рот, і смокче замість кістки, та як стане у руках її поворочувати, не вдержиться та… плюсь вп'ять на долівку, та й заплаче; а тут цуценя, ходячи близько, знаєш, і собі голодне, підійде та й облизує слізоньки і край носа, і в роті язиком вилиже, то тут дитина, не вміючи оборонитися від цуценяти, ще й дужче заголосить, думаючи, що хто-небудь прибіжить його оборонити і обітерти… Так що ж бо! Хати по усьому містечкові позапирані; вози, плуги, борони, рала, де були звечора поналагоджувані, так собі і стоять; воли, поївши свою соломку і бачачи, що ніхто їх не напува і не запряга, позринали і пішли собі по вулицям і де не взрять калачики або ромен і усякий бур'янець, то там і пасуться…

Біля дякової школи – хоч би тобі один школяр! І пан Симеон, дожидаючи їх, ходить біля школи, лагодячись на похорони і споминаючи про кутію з медом, та пильненько призирається на двір старого Кирика, що вчора вже і маслосвятіє над ним правили, так чи не куриться в нього з труби, що, може, вже і обід варють, коли вже він вмер; так ба! і труба не куриться, і у дворі ніхто не шастається.

«Екхе, екхе! негли возстанеть од одра болізні?» – дума пан Симеон і розсужда, ходячи по надвір'ю, які то люди тепер тугі на здоров'я та довговічні стали; спом'яне про холеру, як-то їм тоді було мудро жити, та здихне важко, увійде у хату та й стане різки в'язати на школярів, щоб над ким-небудь серце своє зігнати…

По вгородам бур'янець і величенький, та ніхто ж то його і не дума полоти, хоч сапки і лежать біля нього; а промеж грядок з розсадою та буряками та прочою овощою добре справляються, хрюкаючи, свині з поросятами, і байдуже, щоб що-небудь хазяйкам зоставити: усе повїдають і носом копають такі нові грядки, що лиха матері опісля них хазяйка і у два дня у лад не доведе; а теперь нікому їх і вигнати, бо нема нікого… Та й що то: і у самих шинках пустісінько; шинкар дріма і собі, на лаві, бо нікогісінько, не то щоб горілку пити, та й жінки з невістками нема, так тим-то ніхто йому не боронить і дрімати; посудина в нього, як ще звечора поперескупліскував та порозставляв, так вона і стоїть, і ніхто не навернеться у шинок і ногою…

Та чого ж це так у славному сотенному містечкові, у Конотопі, чого так стало тихо і смутно, що не чути ніякого ні від кого гласу? І ні на одній вулиці не зострінеш ні одного чоловіка, неначе – нехай бог милує! – усі люди у усім містечкові повмирали, або – і то не лучче смерті – кримські татари похапали? Де се вони подівались, що повідбігали і хазяйства свого, і діточок маненьких? Та нехай би вже жінки: їм хоч цілий день, зібравшись у кучу, теревені правити, а що мужики їх та діти без обіда, так то їм і дарма; а то ж і ні одного чоловіка у селі нема, та що то: і такої дитини, що вже біга, і такої не зострінеш!.. Де ж то вони є? Еге! Аж ген-ген усі зібралися круг ставка та й дивляться… А на віщо дивляться, так гай, гай! Такого привиденія навряд чи є хто у нашому селі самий старий, щоб тямив, яке теперечка буде в Конотопі… Та що ж там таке?

Песеред ставу убито чотири палі товстеньких, а угорі позв'язано вірьовками та вп'ять якось-то хитро та мудро переплутувано; та у кожній палі угорі дірка продовбана і туди вірьовка просунута… А по ставку їздять люди у човнах, а вони не рибалки, бо в них на човнах не сіті і не в'ятері, а теж вірьовки… А що на березі, так там-то отто увесь народ із славного сотенного містечка Конотопа іще зібравсь, як і сонце не сходило, і місяць негаразд зайшов… От там-то і матері, що покидали і хати, і маненьких діточок, і поросяток, і птицю, і коровок, і по печам не топили. От там-то і чоловіки, що покидали дома недужих жінок і скотину і позабували, що треба у поле їхати... Усі, усі позбиралися дивитися, яка тут буде проява...

Та чимало ж їх тут і було! І по всьому березі, і кругом по горбикам, от як зерна у мішок набрати, так їх там тісно було. А хлопці та підпарубочі, котрим із-за людей нічого не видко, так аж на верби позлазили і вкрили їх, мов ті галки...

А крик, а гомін від того народу, батечки! Неначе вода шумить, як у повідь греблю прорве: усі, усі разом говорять, і ніхто нікого не слуха, а вже ніхто, як наші жіночки-цокотухи! От там-то і шинкарка з невістками своїми, що без них тільки шинкареві і виспатись; говорять, щебечуть, розказують: хто вчора був у них у шинку, на скільки випив за гроші, на скільки хто набор узяв, хто що заставив, хто з ким і як полаявся, кого прийшла жінка та заняла з шинку, хто жінку у потилицю погнав і очіпок з неї збив, що волосом на всю вулицю засвітила; як дівчата, обманюючи, замість буцімто батькові, для себе купують горілку та по вгородам нищечком з парубками п'ють, та, понапивавшися, перекидалися та боролися та... «Годі-бо! Не усе розказуй!» – загомоніла шинкарка на невістку, так та й замовкла; а щось, мабуть, добре хотіла казати...

А там, з другого кінця, край верб, школярі замість того, щоб у школу йти та кому з часловця, кому з псалтиря стихи твердити, а кому мно-тло складати, вони, зібравшись у купку, та скомпонували віршу на свого дяка, та нищечком на шостий глас і виспівують:

Прийдіте усі прихожани,
Подивітесь, наші всі дяки п'яні,

А найбільше Симеон – обаче,
Од горілки нічого не баче,
Й на криласі не вміє співати,
І псалтиря забув читати,
Тільки й вміє школярам субітки давати,
Днесь дячиха раз йому голову мила,
А, ізмивши, світло погасила…

Як же вріже їх на сім слові пан Симеон різкою, що з дому приніс; та як пожене їх нею до школи, а сам, поганяючи їх, божиться, що за сюю прикладку, опріч субітки[12], що по закону подоба, буде їх шкварити що в бога день цілий місяць…

А там, біля млинка, от там що діється! Гай, гай! Аж тридцять козаків, хто з пікою, хто з нагайкою, хто з добрим києм, хто з вірьовкою, а хто з колякою, та усі ж то держуться міцно за вірьовки, а тими вірьовками зв'язано аж сім баб… А що то за баби, так я вам розкажу.

Перша – збудь-вік Пріська Чирячка, змолоду не раз сиділа у куні[13], позводила на той світ аж трьох мужиків і усю худобу попереводила на зілля та корінці та на усякі ліки, та й лічить людей чи від лихоманки, чи від гризі і від заушниць, бо вона змолоду давила зінське щеня; зніма остуду, переполох вилива, злизує від уроків, соняшниці заварює… і чого-то вона не знала? І до неї з усіх місць, аж верстов за двадцять, наїжджали болящі; то іншому, кому жити, то й поможе, а кому вмерти, то зараз після її води і вмре; то Пріська і каже: «Не так він недужав, щоб йому животіти!» Раз пан Пістряк та попросив її, щоб дала йому любощів, щоб його усяка чи дівка, чи молодиця, на яку оком накине, щоб його полюбила; отже ж то випив тих любощів та й пішов на вечорниці, та тільки було що розходивсь… як же йому завадить! так і додому не добіг. От з того часу і став на неї гонитель!

Друга була Химка Рябокобилиха, стар чоловік, замирала на своїм віку; і вже коли в кого що пропаде, то й не думай іти до ворожки; вона самій умілій брехню задасть, а скаже на того, на кого хоче та на кого сердита. А їй як не вірити, коли вона, замиравши, бачила, яке на тім світі є мученіє і злодіякам, і табашникам, і брехунам, і мандрьохам; так було кого і до ратуші приведуть, піймавши на бакші з огірками або у коморі з салом, та коли Химка скаже, що не він вкрав, то було зараз і пустять та приньмаються за того, на кого Химка скаже, хоч його тогді і у селі не було. Оттак було сказала раз і на пана Пістряка – що то! і старшини не минула! – що буцімто він у чоловіка бджоли підрізав. Воно йому так і минулося, звісно, як писарю, тільки вже він на неї з тії пори націлив.

Третя – Явдоха Зубиха, стара-стара та престаренна! Але старі діди, що вже насилу ноги волочуть, та розказують, що ще як були вони підпарубочими, так вона і тогді така стара була, як і теперечки; так що, коли б не збрехати, було їй літ п'ятдесят зроду. І кажуть про неї люди, що вона як удень, то і стара, а як сонце заходить, так вона і молодіє; а у саму глупу північ стане молоденькою дівчинкою, а там і стане стариться і до сход сонця вп'яте стане стара, як була учора. Так вона як помолодіє, то й надіне білу сорочку і коси розпустить, як дівка, та й піде доїти по селу коров, овечат, кіз, кобил, собак, кішок, а по болотам жаб, ящериць, гадюк… Уже пак така не здоїть, кого задума! Хоч і ні за що і нічого нема, то вона таки возьме своє. Раз пан писар Ригорович читав перед громадою якесь-то предписаніє від начальства, і хоч перед тим днів з п'ять кріпко курив, а тут складав добре і вже було по верхам узявсь, як ось і йде Зубиха, та й глянула на нього, і тільки і всього, що всміхнулась; так що ж? Він зараз бумагу об землю, підтикався та й давай вегері[14] скакати перед громадою. Сміху було такого, що не то що! Та з того часу і став пан Пістряк, тільки хоч трошки погуля, то зараз і пожене химери. Оттака-то була ся Явдоха.

Четверта – Пазька Псючиха, не з так стара. Так та усе нишком, не хвалячись, чаклує. Тільки і бачать її, що як усі полягають спати, а вона і вийде надвір та й махне рукою. То куди махнула, туди і хмари підуть. А хто б то до неї не прийшов, щоб або поворожила, або дала яких ліків, або хоч що-небудь таке, так хоч що б їй поклону не приніс, нічого і не озьме і каже: «Я нічого не знаю; ідіть собі геть!» Ну, ну! Така то й не зна!

П'ята була Домаха Карлючківна. Як ще змолоду дівувала, так така була хороша, що й розказати не можна. Зростом собі невеличка: хоч у яку хату ввійде, то головою стелі достане; суха та цибата; на голові волосся, як на кужелі вовна, а коли роззявить рот, так і лопата улізе; нісочок, як у рябця; а як дивиться з Конотопа очицями, так одним у Київ, а другим у Білагород, та й ті мов сметаною заліплені; а личком біленька, як чумацька сорочка, та ще к тому мов граблями уся твар її подряпана. От з такою-то красою дівувала вона, дівувала; перш жадала поповичів, далі спустила на писарів з ратуші, забажала опісля вже і хлібороба, так ба! і личман не дивиться. Нічого робить! пов'язала сіду голову, перейшла жити у пустку, що на леваді, над болотом, та й стала чаклувати та людям капості робити. Вже і не думай її ніхто заняти! Ось тільки не поклонись їй звичайненько, або пхни не бачачи, або що-небудь, то зараз і залящить: «Будеш мені, песький сину, тямити; тривай лишень!» То так і є: або, ходячи, спіткнешся, або за обідом подавишся, або п'яний що-небудь загубиш, а вже не минеться! так тобі: хоч – як там кажуть – не тепер, а в четвер, хоч через год, тільки вже не пройде тобі даром. Аж страшно більш про неї і розказувати. Цур їй! Ще щоб не приснилась…

Шоста була Векла, старого Штирі невістка, а сьома Устя Жолобиха; так нехай вже хто інший розказує, а мені ніколи: чогось конотопський народ загомонів і закопошивсь, і комусь розступаються і дають до ставка дорогу, так вже пак не до поросят, коли свиню смалять.

V

Смутний і невеселий, надувшись, як той індик перед індичками, хваброї Конотопської сотні пан сотник, Микита Уласович Забрьоха, іде до конотопського ставка. Хоч на ньому і черкеска синя з позакидуваними назад вильотами і татарським поясом підперезана, і ножик на ланцюжку за нього застромлений, і пика вмита, і борода виголена, і на голові шапка, та як йому були очі заспані і надуті, то й видно було, що він цілу ніч гуляв. Та й правда ж була: з журби цілісіньку ніч смоктав носатку, а Пазька, наньмичка його, знай доливала. Так після такої роботи коли не виспишся, то й будеш довго чмелів слухати; я вже се знаю. Так куди ж йому не бути смутному і невеселому? Хоч і підійшов до людей, що перед ним усі шапки поznімали і поклоняються йому, а він іде собі, надувшись, і ні на кого і не дивиться, тільки щоки роздува, щоб усі знали, що він тут-здесь є старший.

От підійшов до ставка, кинув оком сюди-туди та й крикнув грізно:

– А що?

– Совершеніє уготовася, – відізвавсь до Конотопської сотні писар, Прокіп Ригорович Пістряк, стоячи біля калаварних, що стерегли низку відьом, і придивляючись пильно, щоб котра з них, перекинувшись або сорокою, або свинею, та не дала б дьору; а як почув гомін свого начальника, так зараз, знявши шапочку, і підійшов до нього, і поклонивсь йому низенько, і каже: – Вожделінного умоізступленія, з дневним містопребиваніем, вам, пане сотнику, утресугубляємо!

– Спасибі! – сказав голосно Уласович, не розчухавшись, що йому наговорив пан Пістряк, теж не вмівший до ладу слова сказати, а так, що на ум збреде; та при тім слові тільки трохи підняв шапку з голови та мерщій її наплюснув вп'ять на голову та й сказав повагом, усіх озираючи і ні на кого не дивлячись: – Здорові! – А се вже звісно, і усюди так поводиться, що чим начальник дурніший, тим він гордіший, і знай дметься, мов шкураток на вогні.

– Здоров був, батьку, вельможний пане сотнику! – заклекотіла громада, загули чоловіки, залящало жіноцтво, запищала дітвора, та й поклонились йому низенько...

От Ригорович і шепче пану Микитові на вухо:

– Сотворяйте ж ділоначинаніє, угобзіте у нашій Палестині порядок...

– Цур дурня, та масла грудка! – шепнув йому на відвіт пан Уласович, – як мені укобзити, чи як там, коли нічого і не второпаю, що се таке і є.

– Так не творіте ж мені возклоненія ні у єднім ділі! – сказав писар та й пішов до свого діла.

Еге! та хоч наш пан сотник, Микита Уласович, і не мав дев'ятої клепки, та ще таки стільки глузду стало, щоб розібрати, що коли, каже, не піп, то й не микайся в ризи. Зовсім не тямив діла, так і не вередував вже нічого, не так, як наш генеральний суддя, нехай царствує! Той було – і не думай його зопинити: чи до діла, чи не до діла, знай підписує, що попада. Писар було зопиняє, –

так де! «Не хочу, – каже, – щоб діло валялося; підпишу, от йому і кінець!» То, було, писар, коли тільки побачить, що суддя у колегію йде, зараз і хова усі бумажки, а то він їх усі зараз і попідписує. Раз – о, сміху було! (я ще служив тоді у колегії і вчивсь склади писати, бо був ще хлоп'я по дев'ятнадцятому году) – писарчата узяли та й списали таку бумагу, щоб судді у ченці постригтись, а його жінку віддати заміж за пана обозного, що з нею було частенько у лісок за губами ходили. Ну, та й положили той лист перед суддею; тільки таки що ввійшов, сів, побачив той лист, потяг до себе, перехрестивсь та й каже: «Щоб недовго морити! Нехай мені дякують, що швидко діло рішив; а винуватий нехай жалкує на себе». Та чирк! і підписав «рукою власною». А хлопці – ких, ких, ких, ких! Насилу писар їх у потилицю попрогонював і, розтолкувавши судді той лист, порвав його на шматки… Та дарма; будемо своє договорювати.

От пан Уласович стоїть, собі, узявшись у боки, як той хверт, що у київській граматці, аж ось і підійшов до нього Хома Калиберда, стар чоловік, та, знявши, шапку, поклонивсь йому разів з п'ять, а далі осмілився і каже:

– Спасибі вам, пане Уласовичу, що кохаєтесь у старовині. Ще покійний ваш дідусь, пан Опанас, таки Забрьоха, нехай над ним земля пером! і той не давав нас зобиждати. Хоч трохи було засуха ухвате, то він зараз за поганських відьом; та як трьох-чотирьох втопить, то де той і дощ озьметься! І усе було гаразд! Що то старовина! Любезне діло!..

– Буде й новина непогана, – сказав повагом пан Забрьоха та й відступивсь від Калиберди, щоб той не дуже налазив на нього і щоб часом не позапанібратавсь з ним; та щоб швидше від нього відчепитись, гукнув на Ригоровича і каже:

– А що?

А той, упоравшись зовсім, іде до нього і кахикає, і уси закручує – се вже така звістка, що з письма стане говорити – та й каже:

– Приспі урем'я совокупленіє сотворити і погрузити нечистоту во істочники водния. Ануте, братіє, дерзайте!

Калавурне козацтво, як почули писарське повелініє, зараз і відчепили з відьомської низки Веклу Штириху; ухопили її мерщій за руки і за ноги цупко, щоб не викрутилась, та, регочучи, і помчали до човнів... Вона кричить: «Пробі!» Діточки біжать за нею та голосять, неначе вже вона і нежива; старий Штиря туди ж за ними шкандиба, та плаче, та лає і козаків, і сотника, а найпуще пцсаря... Так ніхто їх і не вважа, а ще деякі з кучі кричать: «Держи-бо, Йосипе, дужче! бач, пручається...» А інший каже «Попалась? А що? Се тобі не коров у північ доїти...» Та й багато дечого прикладували, аж поки її до човна донесли, утеребили у човен, і тут ще пущ держали. Як же донесли до паль, тут скрутили їй вірьовками руки і ноги гарненько; та вірьовки і попродівали у петлі, що на палях, та, підсунувши її вірьовками угору, як плюснули разом у воду... Та, як каменюка, пішла на дно, аж тільки бульбашки забулькотіли!..

– Тягніть назад, тягніть!.. Не відьма вона, не відьма! – загула громада ув один голос, а хто молодший та ближче стояв, так аж кинулись поміч дати тим, що біля вірьовок...

– Погружайте, погружайте паче і паче тресугубо окаярную дщерь хананейську! – як віл ревів Прокіп Ригорович і спиняв людей, щоб не витаскували назад Векли.

— Слухайте мене, — на усі заводи кричав Уласович. — Адже я сотник. Я повеліваю: тягніть назад! Адже не знирнула, так вона і не відьма.

— Не відьма, не відьма; не знирнула, не відьма; тягніть назад! — кричав увесь народ, і вже писаря ніхто не послухав, і витягли Веклу зовсім мертву, відчепили від вірьовок і, не кладовивши на землю, стали на руках відкачувати.

Поки сеє діялось, пан сотник, відпочивши опісля крику та турбації, підкликав до себе Ригоровича та й спитавсь:

— Скажи мені на милость: за що її повелів топити? Жінка ще не стара і багатого і чесного роду; не чути було за нею ніякої примхи.

— Суджу по правоті і без усякого возклоненія дівствую, — сказав Ригорович, — она суть хоча іще і без старості жона, но імать пінязей[15] до біса. Просих — і не дала; позичах — і не повірила; стражі предах — і не відкупалася, якоже другії прочії. Сього ради розмислих ю погрузити і не ізторгнути оттолі, дондеже не дасть мені, чого і колико прошу. Живуща, матері її дуля, тресугубо живуща. Зрю, що вже її відтрусили. Нехай благоденствує до якого часу. А воздайте сюди Устю Вечериху! — гукнув Ригорович на калавурних.

Притаскали Устю, і те ж усе було, що з Веклою, тільки Устя, як плюснули її у воду, так тут їй і амінь! Хоч і трусили, так і не відкачали, так і зосталась.

Питавсь пан сотник у писаря і про сю, так нищечком йому призіявсь: «Що, — каже, — желах совокупитися з її дщерією Одарією, дуже ліпообразною, і вона, тресугубо нечестивая, замість желаємої дівиці, возклонила у кишеню мою тисящеклятий гарбуз і покри предняя і задняя моя срамотою, яко рубищем. Так се їй за оноє діло таковая пинхва...»

Аж ось і перемішав їм Талимін Левурда, кланяючись низенько, і просить:

– Будьте ласкаві, пане сотнику Уласовичу, може б, сполоскали і мою жінку трохи, бо трохи вона чи не відьмує...

– Давай її сюди! – неначе проспівав, так заговорив пан Забрьоха. – У нас не попадайсь, зараз провчимо, а найбільш тих, що добрих людей замість рушників та годують гарбузами. – Та здумав своє лихо, здихнув важко та голову понурив і стоїть.

А Прокіп Ригорович ще тільки почув, об чім Левурда став прохати, та так і затрусивсь, неначе циган на морозі; очі йому так і заблискали, пика почервоніла, губи задрижали і ледве-ледве може слово промовити:

– А як ти... а за що... твою жінку потопляти?.. хіба ж вона волшебствує?

– А як же не волшебстсвує? – казав Талимін Левурда Уласовичу. – Ось слухайте сюди, добродію! Разів з десяток таке мені привиденіє було, що у саму глупу північ хтось і стука у вікно; стука, стука, аж поки моя Стеха, знаєте, жінка, прокинеться; прокинеться та й вийде з хати, а я й засну; та вже перед світом вернеться; то я й питаю: «Де ти, кажу, була?» Та вона й каже: «Ходила до коров, так отсе змерзла, та й ляжу». А я кажу: «Лягай», а вона і ляже та, каже, змерзла, а сама, як вогонь. Так се, бачите, добродію, вона не до коров уставала, а чаклувати, певне, чаклувати. А то на тій неділі, так я вже іменно бачив чорта живісінького, от як я вас, пане сотнику, бодай би здорові були. Ось бачите як: поїхав я на ярмарок та мав там пробути три дні, та як мені завадило, так я у той же день і вернувсь пізно уночі. Стук-стук у хату – жінка не відчиня і з кимтось розмовля та регочеться, і світло є в них. Я як рвонув двері, так защіпка і відскочила, а я ввійшов; дивлюсь… аж в неї в гостях чорт, та от, як бачите, словнісінько як пан писар Прокіп Ригорович, нехай здоров буде; така йому і пика, і одежа, і усе таке. Я до чорта, та він від мене; я за ним, а проклятий чортяка та у сіни (а сінешні двері засунув я таки); він бачить, що непереливки, та у трубу; я як злякаюсь, як вернусь у хату, та на піл, та що то: й кожухом укривсь, а сам дрижу з переляку, що бачив чорта і моя жінка з ним дружить. От я вам і кажу: непевна моя жінка, зовсім непевна, сполощіть її хоч трохи, може, тоді дощ піде.

– А що ж? Так і сполоснути. Пане писарю! ану! – так-то сказав пан сотник Ригоровичу. Як же той крикне на нього, так що ну!

– Чи ви обуяли? – закричав на нього, – Чи ви таки попросту одуріли? Вам не довліє ніякого рішення іспускати без потребності моєї, затим, що треба усякеє діло угобзити і законнеє присовокупленіє соєдинити. А ти, гаспидська Левурда! от що касательно тебе закон повеліва: оного неключимого Талимона Левурду, наважденієм своїм приведшего сожитіє своє, сиріч жінку, до дружелюбія, з сатаною, – дух свят при вас, пане Уласович! – убо подобаєт забити сякому-такому сину нозі у кладу. Агов, хлопці! Пойміте його і водворіте у ратушу і присовокупіте нозі його до клади, бо сам сознаніє учинив, що видів і осязав живого чорта; убо він є колдун, чаклун; воутріє ізбию киями сього грішника.

Поки се Пістряк розказував, а сердешного Левурду вже й помчали до ратуші, а Ригорович повів оком та з якоюсь молодицею чорнявенькою ззирнувсь, усміхнувсь, покрутив ус та й гукнув на калавурних козаків: «Ануте, водворяйте у преісподнії води Домаху Карлючківну!» І після Карлючківнй тільки забулькотіло… А громада, бачачи, що вона не вирина, загомоніла: «Ні, вона не була відьма, не була!»

І Пріську Чирячку, і Химку Рябокобилиху, і Пазьку Псючиху топили, і котру втопили, а котру відволодали, що народ аж об поли руками б'є та дивується, що, каже: «Де ж тая відьма? От усіх топили і усяка порина, а відьма не знаходиться». Микита Уласович вже й дрімати став; по його, так вже б пора і додому: чи будуть дощі йти, чи ні, йому нужди мало; не стане свого хліба, йому принесуть: Конотоп не мале село; без сварки і лайки і без позивання не обійдеться.

Усе знай позіха та погляда на свого Пістряка, що задумавсь та пальцем знай штрика то у лоб, то у ніс, думав-думав та й крикнув: «Давай останки во язицях. Водворіте сюди Явдоху Зубиху!» Приперли й ту, відопхали човном до паль, підв'язали вірьовками, підняли догори… плюсь! Як об дошку, так наша Явдоха об воду, і не порина, а як рибонька поверх води, так і лежить, і збовтається зв'язаними руками та ногами, вихиля черевом і попереком і приговорює: «Купочки-купусі, купочки-купоньки!»

Увесь народ так і жахнувсь! «От відьма, так, так!» – закричали усі; а Микита Уласович як позіхав, та побачив сеє диво, та так йому рот роззявлений і зоставсь; а Прокіп Ригорович так аж танцює понад берегом та знай на трудящих кричить: «Возтягніте ще! Верзіте во тьму водную!» Так що ж бо? як не пащикує, а Явдосі нічого не зробить. Підтягнуть, гепнуть її скільки сили у воду…

так не порина та й не порина, та ще й глузує над усіма, та усе знай товче: «Купочки-купоньки».

– А вознесіть сімо каменія і плинхводіланія! – здумав пан Пістряк, і так і народилася цілісінька куча цегли і каменюк усяких, що хлопці, почувши приказ, зразу мотнулись і нанесли.

– Возложіте каменія на нечестивую вию. її, і на руці, і на нозі її і паки потопляйте її, – так кумандував Ригорович, аж підскочуючи круг ставка, та з серця аж зубами скрегоче.

Нав'язали моторніші цілісіньку низку каменюк на вірьовку, і, підвізши на човнах, аж насилу три чоловіки підняли тую низку та й накинули Явдосі Зубисі на шию і думають: от пірне! А вона, урагова баба, і не дума; плава поверх води, та що ослобонили їй руку із вірьовки, так вона нею полощеться та й жартує: «А що ж? Намистечко мені на шию почепили, а перснів і нема? Еге! Бач, які добрі! кете і перснів на руки і замість черевичків чого на ноги».

– Сокрушайте тресугубо окаянную кощунку ханаанськую, дщерь халдейськую! – кричав, як опечений, Прокіп Ригорович та аж запінивсь, як скажений, бачачи, що нічого відьмі не зробить і що вона над ним кепкує.

Нав'язали їй на руки і ноги каменюччя – божився той чоловік, що мені про се розказував; а хто й казав, коли знаєте, Йохим Хвайда, що позаторік вмер, – так божився, що пудів двадцять нав'язали й на шию, на руки і на ноги, та, відчепивши від вірьовок, так її й пустили у воду… Так що ж бо будеш з сучою-пресучою бабою робити? Так і плава поверх води, і руками і ногами бовтається та знай приговорює: «Купочки-купусі!» А далі урагова баба обізвалася і до писаря та й почала його кликати: «А ходи, Прокіпочку, сюди! Нумо укупці купатись. Ходи-бо, не соромсь! Ось надіну на тебе намистечко і перснів тобі дам…» А Ригорович аж увесь чуб обірвав собі з серця, що й поганенька б то баба, та над ним глузує; далі кинувсь до Уласовича та й каже:

– Несумнительно сія баба суть от баб єгипетських. Вона єхидна прелюта, похитила дождевиє каплі і скри у себе у чванці або у іному місцеві. Повели, пане сотнику, возмутити її розанами, де протерпить до нестерпимості і да розпустить хляби воднії, і да ороситься земля.

– Не второпаю, пане писарю, що ви говорите; а я кажу вам, робіть, що знаєте, тільки швидше, бо вже обідня пора. Я б вже давно дав дьору, так хочеться дивитись на сюю кумедію, що на бабі цілісінький віз каміння, а вона не тоне, а плава поверх води. Робіть собі, що знаєте, а я буду на готове дивитись; я на те у Конотопі сотник.

Повелів Ригорович піймати у воді відьму Явдоху, так де! Хлопці човнами її і не здоженуть, і вірьовками накидають, так усе нічого; так прудко плава, як тая щука, тільки попереду і позаду хвиля устає, бо звісно, як відьма плава: вже пак не по-нашому! Плавала-плавала, шниряла-шниряла, та як бачить, що усіх потомила, так і піддалась…

Що ж то зрадувався народ, як злапали відьму Явдоху Зубиху! Усі кричать, гомонять, біжать до неї, проти неї; усяк хоче тусана або запотилишника їй дати… та й є за що! Нехай не краде з неба хмар, не хова дощу у себе на миснику… Ось, як усі біжать круг неї, то за нею, а її аж на руках несуть, боячись, щоб не вирвалась та не втекла, а вона й байдуже! Вона співа весільної пісеньки, як молода з дружками ходить. А наш Ригорович перед веде та аж біжить з радощів, що таки напав на відьму і що він її тепер скрутить і вимучить з неї, щоб віддала дощі назад, що покрала, та з радощів такі баляси точить, що не тільки хто, та й сам себе не розбере, що він і говорить. Далі закричав: «А дадіте сімо вербових і удвойте лозових і возглуміте її, елико сили вашої буде!»

Де взялись і різки. Скрутили Зубиху Явдоху; тільки що класти її, вона як-то руку випручала та й повела нею кругом по народу; отже ж слухайте, що з того буде. От і положили її; по два парубка сіло на руки і на ноги, а два узяло здоровенні пучки різок та й почали чистити: дже-дже! дже-дже! аж засапались! б'ючи, б'ють-б'ють, і вже цурпалки летять... А що Явдоха? Лежачи під різками, казку каже: «Був собі чоловік Сажка, на ньому сіра сірм'яжка, повстяна шапочка, на спині латочка; чи хороша моя казочка?»

– Та бийте окаянну ханаанку! – аж заревів Пістряк.

Хлопці деруть щомога, а Явдоха своє: «І ви кажете: та бийте окаянну ханаанку, і я кажу: та бийте окаянну ханаанку; був собі чоловік Сажка, на ньому сіра сірм'яжка, повстяна шапочка, на спині латочка; чи хороша моя казочка?»

– Та деріть дужче! – крикнув що є мочі сам пан сотник конотопський, Микита Уласович Забрьоха, що вже йому дуже брало за живіт і печінки під серце підступали, бо не обідав і досі.

Хлопці перемінились, узяли пучки і стали пороти, а Зубиха знай своє товче: «І ви кажете: та деріть дужче, і я кажу: та деріть дужче; був собі чоловік Сажка, на ньому сіра сірм'яжка, повстяна шапочка і на спині латочка, чи хороша моя казочка?»

– Соплітіте розонацію з тернія і удвойте їй поруганія на лядвії! – скумандував пан Пістряк, довго думавши, що б то їй ще придумать.

Хлопці чешуть Явдоху терновими, а Явдоха своє товче: «І ви кажете: соплітіте розонацію з тернія і удвойте поруганія на лядвії, і я кажу: соплітіте розонацію з тернія і удвойте поруганія на лядвії; був собі чоловік Сажка, на ньому сіра сірм'яжка, повстяні шапочка, на спині латочка, чи хороша моя казочка?..»

Та й до вечора не переговориш усього, що там було! Вже не тільки Ригорович Пістряк, та й сам сотник Забрьоха почав сердитись, що нема кінця ділу; б'ють-б'ють бісовську бабу, скільки хлопців перемінилося, скільки різок перебрали: і вербових, і березових, і тернових; а їй не позначилось нічого, неначе тільки що лягла і ні трішечки і не бита, а вона собі знай товче чоловіка Сажку...

Отже ж то як сеє діється, і гаспидську, католикову Явдоху б'ють, проліз скрізь народ, що так і обступили Явдоху, та й не надивуються, Демко Швандюра, стар чоловік і непевний. Подививсь-подививсь, помотав головою та й каже:

– А що се вам за іграшки далися! Чи то пану сотникові знать скучно стало, так ви його забавляєте, як малу дитину, що різками порете, неначе кого путнього, вербову колоду?

– Як колоду? Що се він каже? Де там колоду б'ють? – загула громада і, дивуючись, розпитує.

– Де колода? Не бачите? Дивіться ж! – сказав Швандюра та й повір рукою по народу навпаки сонця... Так що ж? Удивленіє та й годі! Тогді усі побачили, що лежить товста вербова колода, поперепутована вірьовками, і сидять на ній чотири хлопця здоровенних і держуть її якомога, щоб не пручалась, а чотири б'ють тую колоду зо всієї сили добрими різками, неначе кого путнього. А біля тієї колоди лежить сама по собі Явдоха Зубиха і не зв'язана, і регочетьсі, дивлячись, як працюються люди замість її та над колодою. Так, скажете, се і не удивленіє? Се вона, як її покладали парити, так вона рукою повела та й напустила на усіх, хто тут був, мару, а Демко з свіжими очима прийшов і бачив, що твориться, і як дещо знав і вмів проти чого що-небудь зробити, то він і відвів мару від людей. От тогді тільки побачили, що били не Явдоху, а вербову колоду.

– Ких, ких, ких, ких!.. – зареготався народ. Вже нащо пан писар, що сердивсь кріпко, а тут і сам розреготавсь, як уздрів таку кумедію. І що ж будеш робити? Звісно, що против насилки нічого не зробиш, коли не вмієш як її відвести. Ну, посміявшись, прийнялись радитись, що з Явдохою робити. Той те, другий друге каже, а Демко Швандюра, той гаразд навчив:

– Таки, – каже-нічого не думайте, а положивши, дайте добру хлосту, поки верне дощі та роси, що, знаю, в неї на мисниках та на полиці. Та не бійтесь нічого. При мені не здужа навести. Коли ж і наведе, то я відведу. Хоч вона і відьма, та й ми, хоч не усе, а що-небудь таки знаємо. Нехай вона і природжена, а я; тільки вчений, та дарма! Побачимо!

– Так возклоніть же її паки! – закричав Ригорович, – і сотворіть їй школярську сікуцію, яко же і нам во оноє урем'я субітки твориша... – Ще добре і не вимовив, а хлопці вже і мотнулись: розперезали, положили, січуть... і вже нашій Явдосі не до казки; вже і в і неї у самої на спині... латок з сімдесят, як у чоловіка Сажки... Мовчала-мовчала, хотіла відтерпітись... так ще не родивсь той чоловік, щоб утерпів під різками! Далі як заскавучить, як заскиглить... а далі як стане кричати: «Не буду до суду, до віку!.. батечки, голубчики!.. пустіть, пустіть!.. верну й дощі, верну й роси... І буду тобі, пане сотнику... і тобі, Ригоровичу... у великій пригоді... тільки пустіть...»

— Годі, — повів Микита Уласович голосом поважно. А Пістряк знай своє:

— Усугубляйте паче і паче!

Хлопці не знають, кого й слухати: половина б'є, а друга жде.

— А бодай вас, пане сотнику! — так загарчав на нього пан Ригорович. — Іще було уп'ятерить подобало за таковоє злодіяніє... Се вона мені зробила, що я після перепою химери погнав. Оттаке злодіяніє...

— Але! злодіяніє! — сказав пан Забрьоха, — тобі б усе тільки злодіяніє і робити. Тут тільки трихи та мнихи, а вже обідати пора. Ще чи буде після такого парла дощ, чи ні, хто його зна, а що ми голодуємо, так се певно. А що нам суча баба з серця утнеть який бешкет, так і того треба боятися? Звели лишень покинути Явдоху, нехай відпочине після такої бані. Нехай тепер ханьки мне, ми ще доберемося до неї. Ходімо, Прокопе Ригоровичу, до мене. Пазька наварила мудрого борщу. А після обід не буду ськатись та розкажу тобі, який мені бешкет зробили позавчора у Безверхім хуторі. Ти ще сього не знаєш. Сказавши сеє, потяг пан Уласович додому. Прокіп Ригорович наш зоставсь і стоїть, мов обпечений. Узяли його думки та гадки, який-то там бешкет зробили пану сотнику на Безверхім хуторі? Думав-думав, а Явдоху за тим знай чешуть, аж цурпалки летять! Далі підняв палець догори і каже: «Догадавсь! е, е, е, е! Сього мені і треба було! А покиньте, хлопці бідну бабу позапрасно мучити. Пан сотник звелів було її парити до вечора, а я її помилую».

Підвели Явдоху і ледве-ледве живу поволокли її додому. Народ так заклекотів за нею, усе кричачи: «Відьма, відьма! Покрала з неба дощі!» А Ригорович іде собі та щось дума, далі і каже: «Такої мені і треба!.. Піддобрюсь до неї, вона поможе його втопити, а мені винирнути з писарства та на панство…» Та й потяг до пана Микити Уласовича обідати.

VI

Смутна і невесела ходила по своїй хаті, проводивши когось від себе і зачинивши двері, конотопська відьма Явдоха Зубиха після прочуханки, що їй дали край ставка при усій громаді за чаклування. Хто ж то був у неї тоді, як усяк її цурався, бачивши, що вона є природжена відьма, що і у воді з каменюками не тоне, і дощі з неба краде, і мару на людей насила? Але! хто? Не хто, як наш Прокіп Ригорович Пістряк, конотопський пан писар. Він-то, почувши від пана сотника Уласовича, що йому було у Безверхім хуторі від панночки Олени, він зараз узяв на думку, як би то йому свого сотника зовсім з'їсти. От від обід прийшов до Явдохи, приніс їй усяких гостинців і помиривсь з нею, що буцім се не сам він звелів її і топити, і парити, а що се пан сотник вигадав і що буцімто хотів він її до вечора парити, а він же взяв на свою голову; і став її пильно прохати, щоб як би того пана Микиту зовсім у дурні пошити: що він отсе увечері прийде її прохати, щоб Явдоха так зробила, щоб Йосиповна його полюбила і за нього заміж пішла; а він як піддасться у чаклування, так тут його і начинити дурнем, щоб і сотенства відцурався; а намість його та настановити сотником його – Пістряка; і обіщавсь, що тоді Явдосі своя воля буде чаклувати, як і скільки хоче.

Хитра Явдоха неначе і піддалася. Подарунки забрала і обіцяла все зробити, чого Ригорович бажав, і проводила його отсе з хати. Довго вона після нього ходила по хаті та щось думала; вже б то їй і сісти хочеться, так не зможе притулитись… так-то щиро її повчили! Вона лежала і на печі, і на лаві; так не влежить довго, бо тільки і можна животом лежати, а горічерева або боком і не думай: так її усюди списали.

Ходить по хаті, ходить та й погляда на свої глечики, горщики, кухлики, де з усякого звіра і з усякої гадини є молоко, що вона з них понадоювала, перевертаючись до кожної матки усе різно, щоб не жахались і давались доїтись. А усі тії глечики, горщики, водянчики, кухлики стояли деяке на полиці, інше на миснику, було й на припічку, було й на самій печі; яке вже поставлене на сметану, а яке ще стояло під лавкою та край помийниці. Під полом лежали усякі трави і коріння: мнята, любисток, терлич, папороть, собаче мило, дурман, усякі реп'яхи, куряча сліпота та й багато дечого. На полу на подушках лежав кіт муруговатий та усатий, і тільки йому й діла, що їв та спав та коли що було надума, то зараз до своєї хазяйки і озветься: «Няв, няв!», а вона усміхнеться та й каже:

«Так-таки, котусю, так!» А коли вона що надума, то й питається його: «Чи так, котусю?», то він до неї: «Няв, няв!» Еге! і знали один одного, що говорять. Більш у неї не було ніякого хазяйства, та й нащо їй? Чого забажала, то уночі перекинулась чи собакою, чи мишею, чи жабою, чи рибою, і чого їй треба, усього достала, і є у неї.

Так вона-то, сумуючи, ходила по своїй хаті і, поглядаючи на своє зібрання, казала собі на думці: «Є усяке; не піду до людей позичати». Далі зирнула на двері, що – я ж кажу – тільки що зачинила, проводивши когось-то з хати, і каже: «Приводь тільки швидше проклятого сотника, і я йому віддячу. Я б тобі, Ригоровичу, хука усучила, та нехай лишень опісля; тепер ти мені прислуговуй, а як з'їм гаспидського Забрьоху, тоді приймусь і за тебе, сучий Пістряче! Хороше, що отсе ти мені розказав про Забрьоху та про Олену: ось я його ожeню... достанеться і тобі, що мене так занапастили, що і сісти не можу, і згнущались надо мною, що при парубках порвали на мені і плахту, і сорочку, і пазуху розірвали, і очіпок збили, що я волосом освітила, та били мене... о, та й били ж мене! ох, били ж мене; били, били, били! що ні сісти, ні лягти не можна; а усе оттой Швандюра, що зняв з них мару».

Оттак вона і довго сама собі розмовляла, яж поки у хаті зовсім стало темно, що хоч око виколи... Аж ось на вулиці загавкали собаки, вона й каже: «Ану, котусю, відкрий свої очиці і посвіти, чи не вони се йдуть?» Кіт як розплющиться, як гляне своїми очима, так так як жар засяли, а Явдоха і бачить, що йде Микита Уласович Забрьоха, конотопський пан сотник, а за ним писар його, Прокіп Ригорович пан Пістряк, і щось у руках і під плечем щось несуть; от вона зараз шатнулась, дістала каганець, піднесла до кота, тернула його проти шерсті, так іскри з нього і посипали, і вона засвітила каганець, поставила на стіл, а сама полізла під стіл чогось-то доставати.

Аж ось – рип у двері, і ввійшли пан сотник з писарем, шапки з паличками постановили, біля двері, а самі і стали озиратись, і пан Забрьоха і каже: «Світло горить, а її, бачу, і дома нема».

– Де то вже нема! – обізвалася Зубиха, лізучи з-під покутя і таскаючи превеликий горщик, ганчіркою зав'язаний. – Ось де я була; отсе доставала горщик з хмарами, що було заховала їх на тридев'ять рік, так отже пан конотопський сотник присилував мене повипускати хмари і дощ пустити.

– Та вже, тітусю, годі об сім, – поклонивсь пан Забрьоха і став гостинець доставати. – От тобі хусточка, що мені попівна вишивала та подарувала, так отсе покланяюсь нею вам, та от ще аж цілісінька копа грошей, тільки, будь ласкава, тітко, не сердься на мене і вибачай, що так з тобою прийшлося... Се так... теє-то... якось-то не хотячи...

– Як не хотячи? – аж запищала, крикнувши, Явдоха, – як не хотячи? Коли б тобі хто так пику списав... то ти б не те сказав... Не хочу твоїх подарунків, цур тобі! Пек тобі! Війся з ними! Не мішай: іду дощі випускати, а то вп'ять пеня буде, і завтра так мене знову випарять, що сьогодні не зможу сидіти, а завтра вже і не стоятиму. Пустіть мене, піду дощ випускати.

– Тіточко, матіночко! – аж в ноги упав сердешний Микита Уласович та кістляві руки відьомські цілує та просить. – Не буду вже тебе турбувати, та й що мені за діло, що нема дощу? От так пак! Я тут є сотник, голодувати не буду: той прийде з хлібом, той з паляницею, той з буханцем, а інший і мішечок борошна привезе; аби б тільки позивались, то нам, старшині, і дощі не під час, хоч би ти їх, тітусю, і повік держала у себе під покутем. От моїй біді поможи! Нате лишень, пожалуйте: от пляшка дулівки, от півсотні тарані, ще свіжа була по весні: осьде ж і серпаночок... тільки здійлайте милость, пособіть моїй біді, ось що я вам розкажу...

– Знаю, знаю про твою біду, якого тобі мудрого печеного гарбуза піднесла Йосиповна Олена, що з Безверхого хутора, і як ти після нього насилу на другий день очуняв! Знаю, знаю усе.

Аж і здивувавсь пан Забрьоха, що відкіля се, каже, вона усе зна, неначе тут була, та й став її пуще прохати, щоб вона вже не сердилась і заступилась за нього.

– А що я тобі робитиму? – пита Явдоха. – Не йде за тебе хорунжівна, так мені яке тут дідо? Не йде, так ськай другої.

– Та де її у гаспида ськати! – здихнувши, каже Уласович, – одно те, що не придумаю, де другу ськати, а друге те, що далебі не хочу, бо смертельно улюбив Йосиповну Олену, так хоч би мені і суддівна або хоч і полковниківна, так я і не подивлюсь на них, бо улюбив Олену усім тілом і душею, і серцем, і усім животом, і бачу сам, що коли її не достану, то або утоплюсь, або удавлюсь, або світ за очима піду... Поможи, паньматіночко! – та беркиць їй у ноги, та аж плаче та просить, щоб не дала йому не своєю смертю пропасти та щоб як-небудь приворожила, щоб вона за нього захотіла йти.

– Та як за тебе і йти такій дівчині? – вп'ять каже Явдоха. – Вона дівка-козир, чи одежею, чи на виду собі, так зовсім дівка, а худоби і грошей до ката, а ти що? Куди ти годишся?

– Та дарма, тіточко, матіночко, дарма! Нехай я і стидкий, і бридкий, і усякий; а ти таки зроби, щоб вона мене полюбила та щоб за мене заміж пішла. Що копа, то копа отсе на столі лежить, а то сорок алтин, та ще...

– Ні, – каже Явдоха та відсунула від себе гроші. – Мені сих крейцмахів не треба, нащо вони мені? У мене усе є, і, чого забажаю, усього достану; а коли так пильно просиш, то нехай вже і змилосерджусь над тобою, тільки зроби мені от що...

– Що звелиш, паньматусю, усе зроблю. Чи звелиш Конотоп спалити, тяк разом з чотирьох кінців і запалю; чи звелиш усю конотопську дітвору – що ви, відьми, не любите – так за один день усіх до єдиного і потрощу... І то гаразд, та мені тепер от що треба. Озьми ти оттого сучого та пресучого сина Швандюру, що зняв мару з людей, що я було наслала, як мені сікуцію давали, так озьми його під арешт, буцім він або прокрався, або тебе лаяв, або що хоч на нього набреши і зведи пеню, та одбери у нього всю худобу, – бо він собі заможненький, – та щоб на тебе родичі його не гримали, так ти віддай теє усеє пану писарю Ригоровичу...

– Благоє діло і мудроє рішеніє, пані Зубихо, єй! істинно! – так обізвавсь пан Пістряк, сидячи собі на лавці край вікна. А Явдоха й каже:

– Бо йому, сироті, нігде узяти, тільки що спадками живитись, а Швандюру озьми і вижени із села, щоб його і дух не пах. От коли се мені зробиш, то і я тобі...

– Мурлу, няв, мурлу! – обізвавсь відьомський кіт, і Зубиха схаменулась та й каже:

– Е, ні, ще, ось слухай ще. Домашина ятрівка Хвенна Зозулиха... не можна мені біля її хати йти, так і доклада мені про те полотно, що в неї з огорода пропало та якось-то опинилось у мене у скрині, так вона мене злодійкою узяла і усякі доклади доклада; так чи не можна її, підрізавши, теж з села вигнати?

– Та для чого не можна? Тільки кажи, усе зроблю... – Так казав пан Уласович, повеселішавши, що вже відьма стала до нього добріша.

– Отсе усе коли зробиш, то і я...

– Мурлу, мурлу! – замурликав вп'ять кіт, і Зубиха знов стала договорюватись і каже:

– Та ще от у чім пожаліюсь. Демко Сіроштан просвітку мені не дає: позавчора хвалився, що мого кота вб'є, як його не берегтиму, а він таки вб'є. Так його-то, пане сотнику, провчи та провчи...

– Та провчу ж, провчу, тітусю, так що до нових віників буде тямити; тільки зроби і моє діло... – пильно пристаючи, прохав її пан Забрьоха, і чого б то він не обіщався їй зробити, аби б вона так починила, щоб хорунжівна за нього пішла.

– Ну, добре ж, синку, коли ж так, то й так. Буде за тобою бігати хорунжівна Олена і ночі не спати, як і ти за нею. Кицю, кицю, кицю, кицю.

– Мурлу, няв, мурлу, няв!

– Добре ж, – казала Явдоха. – А іди, пане Уласович, зо мною з хати та й уступи з порога лівою ногою на пісок, щоб твій слід обізначивсь на піску.

От і вивела його з хати, і слід його зібрала у хусточку і зав'язала; а далі, вернувшись у хату, посадила на лаві край стола, а Ригоровичу звеліла каганцем світити, а сама, узявши пана Забрьоху за лівий ус, і стала волосся відділяти. Заколупне нігтем волос та й лічить: «Раз, два, три...» – так як відбере дев'ять волосів, та дев'ятий і рвоне зовсім... Пан сотник кричить, пан писар регочеться... Явдоха Зубиха щось шепче та спльовує, а кіт мурличе на усю хату... От так-то у бідного Микити Уласовича відьма вирвала дев'яте волосся з лівого уса і нарвала їх усіх аж восьмеро, достала шматок паперу і завернула туди теє волосся, а пан Забрьоха, повитиравши сльози, що так йому і текли від скубіння, став питати відьму, що «коли, – каже, – зовсім поворожила, то вже я й піду?»

– Іди, синку, здоров додому та лягай спати, та й жди від хорунжівни присилу, щоб слав за рушниками.

Пан Уласович, сеє почувши, та за шапку, та з хати, та не оглядаючись – додому, щоб відьма не здумала ще де в нього виривати волосся. Побіг, сердешний, не дождавсь і свого писаря, бо той зостався ще у відьми і. щось довго з нею гомонів, і кіт з ними мурникав; а як виходив пан Пістряк з Явдошиної хати, так чути було, що казав:

– І се усе благонамірено устроївши, гряду у свою Палестину. Прощавайте!

– Ідіть здорові! – сказала Явдоха, зачиняючи за ним двері у хату, та й одізвалась до кота: – Кицю, кицю, кицю, кицю!..

– Мурлу, няв, мурррлу!

Тут зараз узявши, зняла з голови очіпок, сіду, як молоко, косу розпустила, узяла білу сорочку, та й наділа на себе, та ні пояса, ні плахти не підв'язала, так стала по хаті ходити та шептати усяке колдовство, та у всякім углі тричі спльовувала; далі узяла жлукто та й положила його серед хати і стала знов щось по-відьомськи бормотати; далі узяла з кухлика якоїсь води та, усе бормочучи, побризкала тою водою і себе, і жлукто усередині… А кіт що є духу нявчить, а далі аж на ноги устав та потягнувсь і засвітив очима ще дужче, чим каганець у хаті палав… Тут Явдоха мерщій у жлукто і полізла… а як вилізла, так стала дівкою! Та й дівка ж немудра! І молода, і хороша, і чорнява, і ще, мабуть, красивіша від чернігівської протопопівни!

От як переродилась наша відьма, узяла жаб'ячої сметани та кобилячого сиру, головок від тарані і, поскладавши на тарілочку, поставила перед свого котуся і каже: «Коли, котусю, захочеш без мене їсти, так от тобі ласощів; не скучай без мене, поки я вернусь». А сама, доставши аж п'ять дійничок, погасила каганець і пішла з хати доїти, кого їй треба було.

Тільки таки що другий півень крикнув, тут Явдоха що є духу ускочила в хату і впала, мов нежива. А як віддихнула і устала… та вп'ять стала старою бабою, як і була. Зараз кинулась до свого кота і розказує, мов чоловікові: «Котусю, киценьку! Чи не скучав же ти без мене? Я трошки забарилась: поки пообдоїла усіх коров, овечок, а се ще мені треба було щучого молока на одно діло; кинулась до ставка, та поки вражу щуку зопинила, поки її замовила, щоб далася здоїти, аж і крикнув перший півень; та хоч він нам не страшний, та усе-таки треба було поспішати, щоб не заспівав другий; тогді б так на вулиці простяглась, як тепер тутечка…»

А кіт знай хвостом помахує, та усами поморгує, та що є духу нявчить: так-то рад був своїй хазяйці, що вернулась.

От вона йому постановила ще усякого молока і сметани, і стала поратись, та дещо мішати, та варити на чаклування, аж ось і світ!.. А тут трохи погодя і прийшла до неї жінка, уся голова обв'язана, і йде і оха, і прийшла оха, і сіла і усе оха.

– А відкіля ти, молодице? – пита її Явдоха.

– Та я здалека! – каже молодиця, охаючи. – Коли знаєте хутір, що на Сухій Балці, а зоветься Безверхий… ох!..

Явдоха моргнула на кота та й каже:

– Ні, не чула і зроду не була, і не знаю, хто там і живе… Ти ж чого до мене прийшла?

– Та, не вам кажучи, прикинулась бешиха, та усю пику мені роздуло… ох!«Так отсе мене люди нараяли, щоб до вас іти… Зділайте милость, тітусю, робіть, що знаєте, тільки поможіть, щоб я сьогодні виспіла до панянки нашої хорунжівни Йосиповни Олени,» – та, сеє кажучи, і положила на стіл буханець, п'ятірко яєць і шага грошей.

Зубиха зараз і кинулась, положила долі ніж і звеліла молодиці стати на ньому босою ногою проти тієї щоки, де самий дужчий опух; а сама дістала у покришку жару і положила туди кусок страсної свічки та ладану, та клаптик тієї хустки, на чім становлять паску під свячення, а молодицю закутала-закутала, щоб увесь дим нікуди більш не йшов, тільки на неї, а сама знай шепче та спльовує, та дме на жар, а кіт нявчить на всю хату. От курить ти курить, як тут молодиця... геп! і впала на долівку, мов нежива. Зубиха її відволодала і посадила на лавку та й каже:

– Не журися ж тепер: минеться, як на собаці присохне; се з очей; який-то чорнявий парубок та на тебе дививсь та завидував...

– Так і є! Се ж наш панич, – казала молодиця. – Таки як мене не вздрить, так у вічі і загляда; а на тій неділі узяв та рукою погладив мене по щоці та й сказав: «Що за 3 чорта гарна молодичка!» Я так і згоріла, та від того часу так мене і узяло...

Тут Явдоха і стала її розпитувати... об чім їй треба було... а далі і проводила з хати та й каже: «От тепер добре! Тепер усе знаю, що мені треба...»

VII

Смутна і невесела сиділа на призьбі біля своєї хати панночка Йосиповна Олена, хорунжівна, на своєму Безверхому хуторі, що на Сухій Балці, а білими рученятами копирсала у голові братику свому, пану хорунженку. Він, сердешний, той день з панотцем, що заїжджав до нього, поховавши когось на другім хуторі, та за обідом, поївши добре вареників та карасів, у сметані жарених, та запивши сколотинами (бо се вже діялось після Петра), витягли самотужки по носатці тернівки, а вишнівкою на дорогу запили; а підвечіркуючи, панич убрав аж п'ять мандрик[16] та горщечок масляків, у маслечку та у сметані пряжених, що дуже їх любив, так його, хто його зна і від чого, і завадило; от він і приліг до сестриці на коліна, та як та йому ськала, а він і заснув. Тут прийшли з поля і корови, і овечата; от їх тут біля панночки і доють, і молоко в глечики зливають... а вона й байдуже! їй неначе ні до чого й діла нема! Забула дивитись і на дійво, забула братику і у головці ськати, тільки у неї і на думці, що...

Тільки що хотів був розказати, об чім наша хорунжівна думала і чого була смутна і невесела, аж ось і прийшла до неї бабуся, така старенька, така старенька, що на превелику силу дибле; от підійшла до неї та й каже:

– Дай, боже, вам, панночко, вечір добрий! Нехай вам бог помага!

Аж здригнула Йосиповна, що й не бачила, відкіля вона і узялась і як перед нею стала; а далі, трохи схаменувшись, і каже:

– Здорова, бабусю! А відкіля тебе бог приніс?

– Та я так собі... Я і здалеку і не здалеку, я і тутешня, я й зовсім не відсіль; я і нічого не знаю і усе знаю; і хто і по чому журиться, я і знаю і не знаю; і що подіяти, і вмію і не вмію...

– Ох, бабусю, та ти не проста? – питається Олена.

– Та простісінька, бач! Не вашого, панського роду, а проста собі стара баба, не знаю нічиєї журби, не знаю, хто, сидячи на призьбі, журиться об Дем'янові, що пішов в поход з козаками; я таки і того не знаю, хто біля колодязя усю ніченьку з ним просиділа і на прощання зняла з руки срібний перстень і віддала з хусточкою, що сама усякими шовками вишивала...

– Ох, мені лихо, бабусю! Та ти усе знаєш?.. Не гомони, будь ласка, братик прокинеться та почує, та мені сміятиметься... Нехай після вечері я тебе покличу, то ти в мене ночуватимеш, та й поговоримо з тобою!

– Під повен місяць тепер-то і робити що треба, Нехай братик іде до себе у хату, збуди його; а я тобі скажу, що треба робити, та ділом спішити. Я знарошно до тебе сьогодні після вечерні з Києва пішла...

– Як се можна? З самісінького Києва? Після вечерні? Та сьому не можна статись! – пита Олена, дивуючись. – Як-таки можна від Києва та скоро дійти? І близенький світ?

– Пожалуй, дійти не можна, так ми-то знаємо, як воно робиться. Збуди лишень братика швидше, нехай іде до свого діла, мені треба швидш поспішати.

– Та братику щось завадило, трохи не з очей. І був здоровий, та як глянула на нього ота чорнява молодиця, що коло корови ходить, та глянула, та й усміхнулась, я сама бачила, та після того так його за живіт і узяло; чи соняшниці, нехай бог боронить! чи що?

– Се все очі, усе очі наробили; та не журись, я відведу. Ось збуди братика, а я навчу молодицю, що йому треба робити. Від неї сталося, вона нехай і знима.

Олена стала братика будити, що хріп на весь двір, а бабуся підійшла до молодиці… а та зразу і крикнула:

– Ох, тітусю! І ви до нас прийшли?..

– Але! не кричи лишець, – каже бабуся, – а от що зроби: озьми… шупу-шупу-шупу… – Нічого не можна було розслухати, що їй там бабуся шептала, тільки опісля молодиця і каже:

– Та добре, добре; забавте тільки панночку.

– А вже, – каже бабуся, – се вже моє діло. Ходи ж сюди за мною. – Та й привела молодицю до панночки, та й каже: – Ось я навчила молодицю, як з панича соняшниці зняти; іди ж, паниченьку, швидш з нею, вона зробить тобі, що я звеліла; та швидш робіть, а то тебе так розбере, що й на стіну полізеш.

– Ох, лишенько! – казала, злякавшись, хорунжівна. – Іди ж, братику, іди швидше. Роби йому, Мотре, як бабуся казала. Та роби гаразд, на спішачи…

От пан хорунженко пішов з молодицею у хату, а бабуся – плюсь! – біля панночки сіла та й каже:

– Тужиш, моя зозуленько, за своїм сизим голубоньком, та ба! Нема його тутечка; пішов далеко-далеко, аж до Чернігова…

– Та по чому ти, бабусе, усе знаєш? Хто се тобі розказував, що я там… чи журюся, чи… що там таке… я й не знаю! – питала, соромлячись, Йосиповна.

– Вже-то я не знаю! – каже бабуся. – Нащо ж нам і зорі, коли нам на них не дивитись? Гляну звечора, гляну і опівночі, подивлюсь і перед світанком, тай знаю, де що діється.

– Коли ж ти знаєш усюди, де що діється, то скажи мені, бабусю, що робить тепер… – сказала Олена та й почервоніла, як кармазин, і язик став мов повстяний.,

А бабуся перехопила та й каже:

– Дем'ян?

– Е-ге-ге-ге!

– Судденко Халявський, Омелянович?

– Атож!

– Ось слухай доню, що він робить: отсе був з козаками на муштрі перед паном полковником та, втомившись, прийшов додому, роздягсь, розперезавсь та й ліг, сумуючи об тобі, та й журиться, що, дума, не швидко тебе побачить.

– І кажуть-таки, що не швидко їх спустять!

– Не журись; може, ти його і сього вечора побачиш…

– Де то вже, бабусю, мені його побачити та ще і сього вечора. Він не птиця, щоб йому до мене прилетіти!

– Хоч і не птиця, а прилетить і уродиться отут перед тобою, як отсе я. Чи хоч, щоб прилетів?

– Де то вже, моя голубочко, не хочу! Аж жижки трусяться, щоб хоч би його побачити. Зділай милость, нехай прилетить до мене… та чи не буде йому якої від того надсади?

– Таки аж нічогісінько; він на те козак.

– Приклич же його, паньматочко, хоч на часиночку, хоч на годиночку; хоч би я на нього подивилася! Що знаєш, те й роби, а я нічого не пожалкую. Усе тут моє, дам тобі усього, чого забажаєш.

– Добре ж, доню, добре. Ходім своє робити.

От і ввійшли у велику хату, позащіпали і двері, і вікна, а вже і сонечко стало заходити; панночка затопила у печі, сама сходила по воду, а йшла по воду, як бабуся її навчила: не прямо до криниці, а вулицями обходила навпаки сонця; прийшла до криниці, набрала відро води та й вилила на сход сонця; друге набрала і вилила на захід сонця, а трете набравши, – що є духу, не оглядаючись, і вп'ять не прямо, а вулицею за сонцем. От як принесла, та й настановила кашник з водою; а бабуся дістала з-за пазухи зілля: любистку, материнки, чорнобривцю, цвіту папороті, терличу та усього по пучечці всипала в кашник та й пристановила до вогню; а сама узяла муки пшеничної, замісила водою, та й вийняла з калитки у папірці кошачого мозку, відколупала пальцем та положила у те тісто; далі дістала у себе з хустки, що був зав'язаний, слід пана Забрьохи та й розділила пополам і одну часточку всипала у те ж таки тісто, замісила і скачала коржик, посадила в піч спектись, і усе з приговорками та спльовуванням, а хорунжівні звеліла сидіти на полу, підібравши ноги під себе, не жахатись, і, що вздрить, не боятись нічого, і усе думати про свого милодана.

От як коржик спікся, вона й дала його з'їсти Олені за три рази, запиваючи з водянчика водою, що нашептала бабуся; а затим і горщок з зіллям став закипати. Бабуся, гукнувши на Йосиповну, щоб нічого не жахалась, узяла другу частку сліду Уласовичевого та й всипала у кип'ячий горщик і стала мішати, а сама аж у піч мов улізла, та що є духу і кричить: «Терлич, терлич! десятьох прикличи, а з десятьох дев'ятьох, а з дев'ятьох восьмирьох, а з восьмирьох семирьох, а з семирьох шестирьох, а з шестирьох п'ятирьох, а з п'ятирьох чотирьох, а з чотирьох трьох, а з трьох двох, а з двох одного, та доброго». Та й примовила нищечком, щоб хорунжівна не чула: «Пана сотника конотопського Забрьоху, Уласовича Микиту; а хто жде та дожида, так нехай собі дріма». Та й дмухнула на Олену, а та ні з сього ні з того і стала собі дрімати.

Вп'ять вража баба стала горщик мішати і вп'ять кричить у комин тії ж речі: «Терлич, терлич! десятьох прикличь...» – та й звела на одного, усе-таки пана Уласовича, далі й примовила нищечком: «А хто сидить та жде, той нехай собі заснеть». Та вп'ять дмухнула на хорунжівну, а вона, сердешна, так і заснула... Стала бабуся утрете мішати зілля і вже що є духу у трубу кричить на терлич; і як довела до одного, так аж запищала від натуги, кричачи зо всієї сили та зовучи пана Уласовича, а на хорунжівну дмухнула і говорить: «А хто спить та сопе, так нехай і захропе». А від сього панна Йосиповні бебех у подушки та й захропіла на всю хату... А тут щось із сіней у хатні двері – геп! та й стогне, і щось мурниче, – і охка... Побачим опісля, що то там було...

VIII

Смутний і невеселий стояв, руки заложивши, хваброї Конотопської сотні пан сотник, Уласович Микита Забрьоха, у славному сотенному містечку Конотопі, на вулиці, біля шинку, де усегда збиралася сотня чи на муштру, чи на переліку, що чи не втік котрий козак часом, бува. Стоїть він, сердека, руки зложивши, голову понуривши, мов віл перед ярмом; а козаки начисто, уся сотня, як скло, перед ним стіною стоїть, шапки поскладавши на приспі у шинку, щоб як буде муштра, так щоб не поспадали з голов, а дітвора, що тут так і біга круг козацтва, щоб не підібрали та не запроторили куди геть. Так отто стоять козаки і ждуть, що з ними будуть робити і який приказ буде, та промеж себе дещо і базікають, мов вода на лотоках шумить, аж луна йде; та доставши з халяв хто ріжок з кабакою, – та нюхають, та чхають, а хто люльку – та, тут її розпаливши, і смокче.

Пан Забрьоха сього нічого не вважа, і не бачить, і не чує, що край його діється. Йому здається, що він і досі слуха, що читав йому пан писар Конотопської сотні Прокіп Ригорович Пістряк. А сей давно вже прочитав, що треба, та, зложивши бумагу, кладе у кишеню… Аж ось пан Уласович здихнув тяжко та важко, мов ковальський міх, та пита писаря:

– Зділай милость, приятелю Ригоровичу! розкажи мені словами, що ти там у лепорті читав? Ти знаєш, що я нічого письменного не розжую, хоч і у школі вчився і «вірую» почав було вчити, та на «же за ним» як затявсь, та й покинув письмо. Так ти мені не читай, а розкажи, що отеє, за лепорт приніс козак з Чернігова? Адже ми послали лепорт, що у поход не підемо, хоч нехай кіл на голові тешуть; нам ніколи, друге діло зайшло; так чого ще вони пащекують?

– Уся спирра чернігівська безумію удадеся! – став казати, прокашлявшись, пан Пістряк, – возписують предписаніє і лають вас, пане сотнику, і мене – гм, гм! – возсозивають – прощайте у сім слові – дурнями, занеже ми возгнущалися їх повеліванієм і не направихом стопи наша до Чернігова.

– Догадавсь, хоч через деєяте-п'яте уторопав, що ти, пане писарю, говориш; так себто нам усе-таки збиратись до Чернігова?

– Не іначе, як обаче! – сказав Ригорович, моргнувши усом.

– Так трясця ж їх матері! От їм дуля під ніс! – Та, зложивши дулі, і став крутити. Крутив-крутив та на Чернігов і посила, та усе прицмокує. А далі як крикне: – Не піду; я їм послав через кривого лепорт, що нам ніколи.

А пан Пістряк і каже:

– Та наш кривий іще не сотворив дошкандибанія і до половини путі. Не возмущайтесь, пане сотнику; ми не ізидемо, дондеже не получимо отвітствованія на наше сомнительство.

– Так-таки, Ригоровичу, не підемо. Бач, як я мудро сконпонував? Не підемо та й не підемо. Ну, хлопці! Сонечко заходить, розходьтесь вечеряти, а завтра чим світ з косами косити мені. А ходім, пане писарю, до мене вечеряти; Пазька наліпила мудрих вареників та спрягла яєшню… Ой, лишенько! Ой, рятуйте! Ой, біда! – став пан Уласович не своїм голосом пробі кричати та за боки хвататись… Пан Пістряк і козацтво кинулось до нього, що що йому там сталося? Аж він… шелесть… піднявся догори і полетів, як птиця, усе-таки кричачи що є голосу…

Що ж то ужахнулися усі люди у славному сотенному містечку Конотопі, як побачили, що їх прехваброї сотні пан сотник, Микита Уласович Забрьоха, та піднявсь під самісінькі небеса і без крил, та летить, як тая птиця! І жінки, і мужики, і мала дітвора, та що то! і старі повиповзали з хат дивитись на таку прояву, і усі ж то позадирали голови і дивляться, як пан Забрьоха, мов птах який заморський, летить попід небесами; руками бовта, мов крилами, черкеска йому роздувається, ногами дрига, шаровари напужились, сам употів, ніби у гарячій бані, і летить, і кричить, і де заздрить на землі чоловіка, то скільки є голосу пити просить. Сеє бачачи, старі люди плюють, жахаються; жінки голосять з переляку, а малим дітям не одному довелося переполох виливати. А то ж і не страшно?..

Прокіп Ригорович, бачачи такеє диво, став, задравши догори голову, рот роззявив, аж горлянку видно, очі вилупив та руками знай розмахує, щоб то піймати та вдержати пана сотника, що полетів, як гусак. Та й козацтво усе, таки усе до одного, дивувалися на сюю комедію… Та як і не дивуватись, бачачи, що чоловік о своїм умі ні з того ні з сього полетів, як птах. І коли б се опівночі, як усяка нечисть товчеться, а то ще й сонечко тільки що зайшло…

Стара Льозниха ледве від старості та від недуги вийшла на подвір'я і, дивлячись на козаків, як вони збирались, як промеж себе жартували, як лагодились муштру викидати, здихнула та й каже: «Слава тобі, господи, що я не козак! Не здужаю і через хату перейти, а то б треба бігати та боротись, та муштруватись! Не хочу, не хочу козаком бути!» – та й задивилась на них, а далі... зирк! Летить понад нею щось таке страшне... Розглядівши, потюпала до козаків і стала їм розказувати, щоб вже не дожидали пана сотника, бо вже він у вирій полетів. «Я, – каже, – сама бачила: летить, мов ворони, тільки що не крака, а знай пити просить...»

Пан писар і козаки – нічого робить – порозіходились і порозказували, хто не бачив, як конотопський пан сотник, Микита Уласович Забрьоха, полетів, мов ворона... І усі ж то, хто про се не почує, здвигне плечима та й дивується і каже: «Жди ж добра, коли і начальство наше обвідьмилось!» А Прокіп Ригорович зна, де раки зимуються! Він хоч і перелякавсь, та не забув ні про вареники, ні про яєшню, ні про Пазьку; гульк до неї на вечерю... та про пана сотника вже і не згадували.

А наш пар сотник летів, сердешний, летів від самого Конотопа і не зна, де він опиниться і що з ним буде, аж гульк – хутір, і він чує, що став спускатися усе нижче, нижче... Розглядає, придивляється – аж се хутір Безверхий, що на Сухій Балці... От летить та летить понад хатами та в хорунжевий двір, де вже він не раз був... От як улетів у двір та до хорунжівниної хати, та у сіни, та прямісінько у хатні двері, що зачинені і ісередини защепнуті були, геп! мов довбнею, та тут і простягнувсь, як колода, і не дише, і не ворушиться...

84

Отсе-то гепнуло у хатні двері, де чаклувала над хорунжівною конотопська відьма Явдоха Зубиха.

От Явдоха зараз і обізвалась до нього:

– Не стогни дуже і не охай, щоб хто не почув, та йди швидше у хату. – Відщепнула йому двері, кличе його, кличе; аж нема гласу, ні послущанія; лежить наш пан сотник, мов одубів. Нічого Явдосі робити, поволокла його самотужки у хату, і як переволокла на друге місце, він і застогнав, і очима луп! і не пізнає, де він се опинивсь? Розглядаючи усюди, пізнав Зубиху, зараз, стогнучи, і почав коренити батька і матір її, що зробила над ним таку капость. А Явдоха тільки знай своє товче: – Не знаєш свого щастя! Та не кричи-бо, розбудиш усю двірню. Що ж будеш діяти: злякавсь, злякавсь, нігде дітись. Ніколи тепер переполох виливати. На лишень, понюхай сього. – Та й піднесла йому під ніс тертого хріну. Він як нюхнув, та й чхнув аж тричі, а далі став просити пити. Явдоха узяла води, пошептала над нею, збризнула його тою водою, далі злизала язиком хрест-нахрест через вид, щоб з очей чого не сталось, та й дала йому тії води напитись. Він за один ковток чималий водянчик так і висушив та й каже:

– Дай, тітусю, ще.

– Але! – каже Зубиха, – я тебе не пити сюди прикликала. Покинь трихи та мнихи та приньмайсь за діло. Бач, яка краля лежить!

Пан Забрьоха озирнув очима, аж і вздрів, що на полу спить панна Олена... та так і задрижав, мов опарений.

Та й справді ж бо краля була! То хороша була, а то, як розіспалась та і розчервонілась, що твій кармазин або рожа у саду; карсет розщепнувся, сорочка розхристалась... коси тільки, як порозпускались, так вже прикрили пазуху, та й то не зовсім...

Уласович наш, як вздрів таку кралю, то так і заходивсь круг сонної, мов павич; тільки навспинячки танцює біля неї та розгляда, та плямка, та слинку ковта; забув і працю свою, що стільки перельотів, і забув, що й пити просив. Не йде на ум ні їда, ні вода, що перед очима біда!

Він би що-небудь і придумав… гм! так Явдоха його за полу сіп і притягнула до печі і каже: «Схаменись лишень, блазню! Треба діло робити, а не ханьки мняти. На лишень отсю жабу та й скрути їй головку набік і ще живу, не здохшу, укинь мерщій у піч за жар». От пан сотник і зробив усе, як звеліла йому Явдоха, і ще жаба пищала, а він її вкинув у піч, відкіля Зубиха увесь огонь вигромадала на припічок. Як спеклась і зсушилась тая жаба, Явдоха достала її, обірвала усе мнясо, а кісточки позбирала і стала з них вибирати: от і знайшла одну точнісінько як виделочка, і навчила Уласовича, що з нею робити.

Пан Забрьоха притулив тую виделочку до серця панни хорунжівни… вона зараз спросоння і заговорила і каже: «І вже мені пан Халявський!.. плюю на нього. Микиточку, мій голубчику! де ти? прибудь до мене: хоч би я на тебе подивилась…»

Уласович з радощів як зарегочеться на усю хату, і якби не спинила його Явдоха, то так би і кинувсь на хорунжівну; так та його за руку дьорг! відвела та й навчила, що ще треба робити.

От пан сотник і стоїть біля неї та знай з одної кишені виньме каменючки, то камінці, креймашки, скляночки, жарнівки – се все надавала йому Зубиха – от виньме жменю сього добра, подержить на руці, побряжчить та й пересипле у другу кишеню, і так довго робив, а панна хорунжівна знай спросоння приговорює: «Микиточку, душко Уласовичу! час від часу дужче тебе люблю!»

Далі Явдоха подала йому жаб'ячу кісточку, що неначе карлючка, і по її наущенію, тільки пан Забрьоха заколупнув хорунжівну легесенько під серцем, так вона так і розпалалася і стала казати: «Не хочу… за Халявського… не силуйте мене… віддайте мене за Забрьоху… коли не віддасте… утечу…»

Тут Явдоха відвела Уласовича від панночки і каже:

– Бач, як я зробила, що вона тепер на Халявського плюватиме, а за тобою вбиватиметься. Тепер зовсім: пора додому…

– Як додому? Тільки усього і буде? – пита пан Микита.

– Буде з тебе і сього: чого тобі більш? – каже Зубиха. – Тепер не журися ні об чім і жди, як вони по тебе будуть присилати і панькатись коло тебе. Тепер поїдемо додому.

– Як же ми, тітко, поїдемо? Коли вп'ять летіти, то цур йому; ей! не можу!..

– І ні вже, синку, і мені тебе жаль. Тепер поїдемо, та хоч ти дорогою дрімай, хоч і спи, то не бійсь нічого. Перед світом будемо дома. Я завтра вп'ять тут буду і дам панні Олені отсії жаб'ячої кісточки, щоб носила при собі; поки буде носити, поти буде тебе любити. Ходімо ж з хати та й поїдемо; а то вже скоро панночка прокинеться. От Зубиха позбирала усе своє, поскладала, як їй треба було, узяла днище і веретено і вийшла з Уласовичем з хати. Вийшовши, каже пану Забрьосі:

– Сідай на днище по-козацьки, мов на коня; а я де-небудь причеплюсь; мені не первина.

Тільки таки що Уласович заніс ногу, Явдоха як свисне, як цмокне!.. днище піднялося угору, на ньому пан сотник верхи, а ззаду підсіла Явдоха, та знай веретеном поганя та цмока, та приговорює, мов на кобилу, і піднялися під самії небеса!..

Сидить наш конотопський сотник, Микита Уласович Забрьоха, на днищу, мов на коні; ноги йому без стремен так і теліпаються, і, щоб не впасти, руками держиться за теє днище, а воно чкурить! воно чкурить, ще прудше, чим Яцькова приблуда; а назаді Уласовича причепилася Зубиха та аж скиглить від холоду, бо вітерець продував, і їй кріпко скубенти[12] докучали.

Не вспіли вони добре оглядітись, аж вже і Конотоп недалеко. Явдоха щось забормотала, аж ось днище усе нижче, усе нижче… та плюсь! біля Забрьошиних воріт і впало… Пан Уласович як гепнув та аж не стямився і не вздрів, як Явдоха з днищем щезла, і не вгледів, хто з його хвіртки шморгнув, тільки бачить, що Пазька когось проводжала.

– Чи се ви, паниченьку? – пита вона свого Уласовича. – Де се ви пропадали і досі… я отце усе за вами журилася…

– Чого ж ти вийшла за ворота? – розпитував її пан сотник.

– Із журби! – каже Пазька.

– А кого ж ти проводжала з двора?

– Та там… чужий бичок забравсь було до вашої скотини, так я…

– Бичок! до скотини! Гм! – ворчав собі під ніс пан Микита, уходячи у хату, та й звелів засвітити світло, бо у хаті було поночі.

Унесла Пазька світло… дивиться пан Забрьоха, що на столі недоїдею вареники, і дві ложки, і дві тарілки, і носатка, вже порожня, а дулівки катма!.. Поморщивсь, закопилив губу та поворчавши: «Бичок… до скотини!» та й пішов у світлицю, погасив світло та й бебехнув на ліжко, та подумавши: «Кат їх бери! в мене є тепер хорунжівна!..» – та й захріп на всю хату.

IX

Смутна й невесела, прокинувшись, сиділа на ліжку панна хорунжівна, Олена Йосиповна, у своїй хаті, у Безверхому хуторі, що на Сухій Балці. Сидить, позіха, очиці протира і сама себе не розбере, де вона, що вона, що з нею робилось, що їй таке снилось і від чого їй так тяжко та нудно.

Аж ось де не узялась конотопська відьма, Явдоха Зубиха. Увійшедши у хату, й каже:

– Добридень тобі, панночко! Чого ти така смутна та невесела?

– Ох, бабусю! тепер я усе згадала!.. Що се ти зо мною наробила?... – Так, охаючи, казала панна хорунжівна.

– Але! мовчи та диш! – каже Явдоха. – На лишень отсей капшучок та на шнурочку почепи на шию, то усе гаразд буде. – Та, сеє кажучи, і почепила на шию, а в тім капшуці жаб'яча задня права лапка, та з неї ж пересушене серце, та лобова кісточка, та Микитиного сліду трохи. Тільки що се їй почепила, як панна Олена і повеселішала, – як з води вийшла. Очиці так і палають, щоки зачервоніли, а сама і на ліжку не всидить, кинулась до Зубихи та аж плаче та просить:

– Тітусю, голубочко, паньматочко! Що хоч роби, тільки віддай мене за конотопського пана сотника

Забрьоху, я таки гаразд і не знаю, як його зовуть. Віддай, віддай швидше мене за нього.

– Адже він тебе сватав, та ти йому піднесла печеного гарбуза?

– Та то я була дурна та божевільна… не розгледіла його добре, не розпиталася людей, не послухала братика… Тепер мені світ не мил без нього!..

– Адже ж ти любиш панича Халявського, Омеляновича, судденка?

– Та то я була дурна та божевільна! Від учорашнього дня і цур йому, і пек йому від мене; і не споминай про нього. Одно в мене на думці, що хоч аби побачити пана Забрьоху, та надивитись на нього, та приголубити його, та щоб він мене взяв. – Та, сеє кажучи, беркиць з ліжка до ніг Зубишиних та й лежить, і плаче, і просить: – Зроби, тітусю, щоб він мене узяв, я тебе три годи буду рідною матір'ю звати, буду тебе і поважати, і шанувати. Коли ж він від мене відцурається, піду світ за очима, сама собі смерть заподію…

– Та годі ж, годі, угамуйся! – казала їй Явдоха і підняла її з долу та й посадила на лавці. – Ось увійде твій братик, ти йому, не соромлячись, усе розкажи; нехай їде мерщій у Конотоп до пана Забрьохи та й скаже, щоб прислав людей за рушниками. Онде ж і братик іде до тебе, а я піду в Конотоп та з Забрьохою зроблю, що треба; не журись та ділом поспішай. – Та, сеє кажучи, і пішла з хати, а панна хорунжівна їй услід кричить: – І хустку, і весільну шишку тобі дам…

Аж ось ввійшов до неї у хату братик її, пан хорунженко, на личку веселенький, неначе і не був недуж, так добре помогло йому від завару соняшниць.

– Що, братику, чи ти здоров? – питала його сестриця, панна хорунжівна.

– Тільки перед світом спочив після завару соняшниць та й заснув на всі заставки. Та тепер і нічого, – так казав пан хорунженко.

– Ну, братику! Не журися: скоро вже тобі буде воля іти у ченці, – стала казати панна Олена, посупивши очиці у землю. – Я вже... вибрала собі жениха... – сказала Олени та й засоромилась і почервоніла як рак.

– А кого?

– Пана сотника конотопського Забрьоху.

– Що печеним гарбузом попоштувала?

– Еге!

– Адже ти, бачиться, щось пильненько прилипала до пана Халявського?

– Цур йому! І не згадуй про нього. А зділай милость, поїдь до нього у Конотоп та й скажи і попроси, щоб сьогодні, або хоч завтра, нехай присила людей за рушниками, а у неділю і весілля.

– Та що се тобі так ніколи припало? – опитав її пан хорунженко, а самого аж за живіт узяло, що вже і йому недовго бришкати у миру. – Ще б, може, хоч трохи огляділась, а то шити-білити, завтра Великдень.

– Умру, коли через тиждень не піду за пана сотника. Я його сьогодні бачила уві сні: що за хороший! як намальований; а багатий! так і міри нема: так і пересипа з кишені у кишеню і гроші усякі, і срібні, і золоті, і жемчуг, і усяке дороге каміння... Зділай милость, братику, соколику, лебедику! Поспішай якомога. Привези і його з собою, привези і людей, щоб кому швидш рушники подавати... або людей не треба, і тут набираємо; тільки його мерщій, його до мене вези!

Так урагова конотопська відьма наробила, що бідна дівчина аж на стіну дереться та пробі бажа пана сотника Уласовича Забрьоху.

Нічого пану хорунженку робити! Звелів снідати подати, їсть і дума. Не удоволився і не надумався, забажав обідати; обіда і дума. Далі як пообідав, та й надумавсь і каже сам собі: «Пан Халявський і у рот нічого не бере, а пан Забрьоха – не узяв його чорт, не пролива; ще щоб і мене не перепив. Ну, дарма! віддам сестру за нього та з год місця з молодими поживу». Так поравшись сам з собою, сів на візок та й чкурнув у Конотоп, прямісінько до пана сотника, Микити Уласовича Забрьохи.

Тут наша панночка і заходилась поратись і к сватанню прибиратись: хату миє, столи, лавки, мисники змива, птицю патра, локшину крише, горшки наставля, рушники налагоджує... так, що всі наньмички аж позасапувались від такого порання.

X

Смутний і невеселий сидів пан судденко, Дем'ян Омелянович Халявський, у своїм хуторі, у пустій хаті, відкіль повиганяв усіх із серця. І знай то сердивсь, то сумував, то лаяв усякого, хто тільки на думку йому приходив, то світом нудив, із журби аж захляв. Як же йому було не журитись? Панна хорунжівна, що з Безверхого хутора на Сухій Балці, Олена Йосиповна, котра побожилась і заклялася, що ні за кого заміж не піде, опріч його, що не один вечір він з нею до півночі просидів під вербою біля криниці, з котрою він і перстенями обмінивсь, котра йому святою п'ятінкою забожилася, що тільки він вернеться з походу від Чернігова та пришле людей, то вона зараз і подає рушники а він, на сеє понадіявшись, та у Чернігові аж п'ять кіп протряс, щоб його не держали та відпустили оженитись... що він вирвавшись з Чернігова, біг як скажений до свого хутора, біг і ніч, і день, і коня занапастив, і сам, аж засапавшись, ускочив у хату та мерщій і гукнув на Хіврю, таки свою наньмичку, щоб бігла дядьків та троюродних братів до нього прикликала, щоб мерщій брали хліб святий та палички та їхали б до панни хорунжівни за рушниками... аж тут йому Хівря і піднесла пинхву: «Що, – каже, – панну хорунжівну вже просватали за пана сотника конотопського, Микиту Уласовича Забрьоху, що вже й рушники подавали і сватання запили, та що ну! що тільки той, хто не був іа сватанні, той не був п'яний, а то всі лоском лежали аж до другого півня; що завтра буде й весілля, що вже панночка з розпущеною косою, звісно, як сирота, по вулицям у Конотопі з пісеньками ходить і дружечок збира; що його дядини понаряджувались і пішли у Безверхий хутір короваю бгати; що сам пан Забрьоха приїздив і поєднав їм сліпого скрипника на весіллі грати…» Сеє усе як, повислуховував пан Халявський та як роззявив рот слухаючи, то він так йому і зостав, аж патьоки потекли. А далі як затруситься, неначе у лихоманці, очі аж на лоб повилазили та мов горять, та як зложив кулаки, як хряпне себе по голові, що насилу устояв і довго чмелів слухав, далі вже як почав, мов розперезаний, лаяти і панну Йосиповну, і пана хорунженка, і пана Забрьоху, і дядьків, і дядин, і братів, і невісток, і дружок, і коровайниць, і сліпого скрипника, і наньмичку Хіврю… вже коренив-коренив, вичитував-вичитував, аж піна йому з рота б'є, мов у скаженого… а далі як кинеться до Хіврі… так би її і розтерзав, якби не догадалася та не втекла.

Отто він зостався сам собі у хаті та й сумував, і журивсь, і з серця понаривав собі з голови волосся повні жмені… та як здума, що вже не можна нічим діла поправити, та так і заголосить, аж завиє, мов панотцевський хірт, та й подереться на стіну.

Вже вдесяте товкмачив себе то по голові, то по грудях кулаччям і тільки що надумав було головою об стіну товктись… аж… рип!.. і увійшла у хату бабуся, стара та престаренна, згорбилась, через силу ноги волоче і паличкою підпирається.

Ввійшла, поклонилась та й каже; «Добридень тобі, паниченьку!»

А панич мовчить, витріщив очі та сопе.

– Чому таки в тебе нема ніякого порання? – каже баба, не потураючи, що він дивиться на неї, мов скажений. – Ні птиці не патрають, ні баранця не зарізано, і муки на локшину ніхто не криє! От так приберись! Завтра в нього весілля, а він собі і ов-ва!..

Не знаю, де б то опинилась сяя баба, і як би захрустіли її кісточки, і хто б то їх із цуциком позбирав, якби Дем'ян Омелянович не розсердивсь за сії бабусині речі так, що вже не можна більш! Піни йому повний рот, аж через край тече, і язика не поверне, тільки труситься, та кулаки стулив, та скиглить, мов кривий цуцик. Думка така, що якби ще трохи, то він би з серця лопнув. Та як таки і стерпіти? Тут чоловікові зовсім біда! Тільки було налагодивсь женитися і людей посилати з хлібом, а тут йому дівка і піднесла печеного гарбуза! Та ще ж яка й дівка? Та, що любилася з ним трохи чи не більш году, що не одну ніч просиділа з цим під вербою біля криниці і тут божилася і заприсяглася, що ні за кого не піде, опріч його; а тут одно те, що йде за другого; а друге те, що йде за пана конотопського сотника Забрьоху, над котрим вона і за очі, і в вічі насміхалася. Так як тут було пану судденку стерпіти, що після такої біди прийшла бабуся, та ще й така, що гидко скіпками узяти, та й на над ним кепкує. Він би, кажу, потрощив би її на шматки, як старий деркач, так йому дух заперло, і він не здужа і поворушитись, а вона тим часом і каже:

– Чого-бо ти так лютуєш? Мовчи та диш, та слухай мене. Буду я суча донька, коли панна хоружівна Олена, що з Безверхого хутора, не буде за тобою ще завтра чим світ.

Як сказала йому се бабуся, так він з радощів аж задрижав та щось хотів сказати, та й не зміг; а тільки вивалив очі та, силкуючись, ледве-ледве промовив:

– Йо?

– Та будь я шельмовська, анахтемська дочка! щоб мені очі повилазили, щоб мені руки і йоги покорчило, щоб мені трясця, щоб на моїй тварі сіло сімсот пістрячок та болячок, – та й усякими відьомськими проклинаннями стала проклинатись, – коли, каже, не зроблю так, що ти з Оленою завтра у вутрені обвінчаєшся; тільки слухай мене: адже ти мене добре знаєш?

Як-таки сьому паничеві і не знати конотопської відьми, Явдохи Зубихи (бо се вона була), коли вона йому раз язичок піднімала, удруге остуду знімала; так вже далася вона йому знатись. Отто як почув він се від неї, так на душі стало йому легше: зараз і зрозумів, що йому треба робити, та мерщій їй беркиць й ноги та й просить:

– Тіточко, голубочко! Зробіть, як знаєте зробіть, щоб моя була Олена; цілісінький год буду вас рідною матір'ю звати; куплю плахту, очіпок, серпанок, чого забажа душа ваша і вашого кота... Тільки дивітесь лишень: вже Олена дружечок збира, коровайниці вже досі діжу по хаті поносили; а пан сотник конотопський, Микита Уласович, найняв сліпого скрипника на весіллі грати, так де вже...

– Хіба ж я не Явдоха? Я йому зроблю весілля? Нехай лишень укоштується, нехай протрусить батькові карбованчики для тебе, а я і його ожешо! Нехай і Олена збира дружечок, нехай починають приспівувати Микиті, а я знаю, що зведуть на Дем'янка. Приньмайся ж хутко; кажи, щоб у господі і пекли, і варили, і чого треба наточили, а ти біжи збирай бояр, свашку, світилку, старостів, та якого-небудь батька знайди, щоб порядок давав.

Агу! пан судденко повеселішав; хватив пояс і став підперезуватись та за шапку братись, щоб іти за поїздом, а Явдоха, виходячи з хати, стала весільної співати, та ще й прискакує:

> У Дем'янка та батьків, много,
> А рідного та ні одного.
> Та все такі, що напитися,
> А нікому й пожуритися.
> Усе такі, що пити-гуляти,
> А нікому та порадоньки дати.

XI

Смутна і невесела убиралася у своїй хаті панна хорунжівна, Йосиповна Олена, на своєму Безверхому хуторі, що на Сухій Балці. І вбирається, і не вбирається; треба б то поспішати, бо вже у селі передзвонили до вутрені ув один дзвін і стали уво всі дзвонити; треба їй поспішати до церкви, бо учора на домовинах так порадились, щоб їй тут у вутрені і звінчатись з конотопським сотником, паном Забрьохою, Микитою Уласовичем, а від хутора до села буде верстов з п'ять або дві: так от треба їй поспішати, щоб вспіти, так щось руки не підіймаються. Уже вона і розчесалася; вже і коси у дрібушки поплела, стала ленти покладати… зирк! що ні найлучча скиндячка, що їй подарував пан судденко… її так і узяло із-за плечей; згадавши його, засумувала і трошки сплакнула. Зубиха ж тут так і розсипається. І сюди шатнеться, і туди мотнеться: і намисто Олені нав'яже на шию, і голову квітча; а як нарядила зовсім, то й вибігла мерщій надвір; повернулась на одній нозі проти сонця тричі, зашепотіла щось таке собі нищечком, обвела рукою туди, де село, та й сказала:

Хто мав поспішати,
Нехай не вийде з хати,
І щоб до сход сонця
Не знайшов ні дверей, ні віконця.

Увішедши вп'ять у хату, стала знаряджати панночку Олену до вінця; звеліла їй тричі поклонитись у ноги батькові і матері, що для такого случаю знайшли, а далі і братикові рідному. Старшій дружці дала пару свічечок п'ятакових до вінця, хустку руки зв'язати, рушник під ноги і шага під рушник паламареві за ставник, а далі тихесенько, щоб ніхто не бачив, дала теж дружці якусь кісточку та якийсь реп'яшок і навчила її, що і коли з ними робити. От і пішла наша молода з старшою дружкою у село, поспішаючи до вутрені, щоб там шлюб приньмати з паном Забрьохою, конотопським сотником, Микитою Уласовичем.

Що ж робила Явдоха, зоставшись на Безверхім хуторі? Там дівувала годів сорок дівка, а звали її Солоха. Бідна та пребідна: ні одежі у неї не було і нічого. Та ще на одно око сліпа, від паршів волосся повилазило, і голова голісінька, як долоня; уся шия в чиряках та в пістряках, аж тече; на щоці огник; зубів недолік, горбатенька, курноса, тільки ямка замість носа; на одну ногу крива і правої скарлюченої руки до рота не піднесе. От таку-то кралю Зубиха взявши, та й убрала в ленти і замість кіс порозпускала кінці, удягла у чужу свиту, випрохала намиста з хрестами і пов'язала їй на шию, та, як вже зовсім убрала, Явдоха посадила її верхи на паличку, а сама сіла на другу, цмокнула, ньокнула... палички чкурнули скільки духу, аж пил за ними хмарою. Прибігши у село до церкви, Явдоха і каже Содосі: «Стій же ти, дівко, на рундуку, біля куни, та держи в руці отсю маківку. Який козак прийде та озьме тебе за руку, та уведе вінчатись, не дрочись, не царамонься, вінчайсь сміливо. Гляди ж, дожидай до сход сонця». Солоха стала і дожида, а Явдоха мотнулась до свого діла.

Олена ж з старшою дружкою знай ідуть та поспішають у село, щоб поспіти до вутрені. Олена, що йде, то усе вихваля пана Забрьоху, який то він гарний, чорнявий, повновидий, які то в нього уси шпетні і який сам увесь лепський та моторний. Як же, ідучи, де тільки зійдуть на перехрестя, то старша дружечка кісточкою, що дала Явдоха, тричі панну Олену у спину тихенько: стук, стук, стук! Та й примовить: «А геть, нелюбе!»; то Олена її і пита: «Що ти, сестричко, мене в спину товчеш?» – «Та то я, панночко, пір'ячко зняла, на кунтуші було прилипло». То Олена і стане вп'ять про пана Уласовича казати, та вже не з так його похваляє; то в нього нема таких очиць, як у пана судденка; на другім перехресті і уси поганіші, чим у пана Халявського; далі вже він і сякий, і такий, і стидкий, і бридкий, і поганий, і мерзенний. А як дійшли до церкви, то старша дружечка тихенько ззаду й розв'язала шнурочок, на чім повішений був капшучок, а у тім капшучці була жаб'яча задня права лапка, та з неї ж пересушене серце та лобова кісточка, та Микитового сліду трохи. От як розв'язала, а той капшучок і спав, так що Олена і незчулася; от вона зараз і крикнула: «Цур же йому, пек йому, тому Забрьосі, не хочу та й не хочу за нього заміж. Вернімося, сестро, додому». – «Та чого ж вертаться? – каже дружечка – Постіймо хоч трохи у церкві; коли ж пан сотник до тебе підійде, щоб шлюб приньмати, то ти тут і відкинься. Се ще йому стидніш буде, що при людях такий бешкет йому зробиш…» – «Отсе справді, що так, – каже Олена, – таки тут йому межі очі і плюну. Ходім же у церкву».

Увійшла в церкву. Панна Йосиповна зирк-зирк по церкві – нема пана Уласовича. Вже швидко і вийдуть, а його нема; от вона то почервоніє, як мак, то побіліє, як полотно; усе, сердешна, боїться, щоб він не ввійшов та щоб не потягнув її до шлюбу. Аж ось, тільки що дочиталися до «во утриє ізбивах», аж шасть у двері: свашки, світилки, бояри, дружко, піддружний, старости; та усе не прості, усе з панства, у кунтушах, у черкесках, у сукнях таких, що тільки поцмокай! Ще важніш були, чим у нашого поповича, що до хвилозохвиї[18] ходив та, оженившись на нашій дяківні, у нас у селі попом став. А за таким-то поїздом увійшов і молодий… Хто ж то такий? Олена так і затрусилася, як вздріла, що се не пан сотник конотопський Уласович, а суть пан судденко Халявський Омелянович, кого вона так щиро любила. А старша дружечка мерщій тим реп'яхом, що відьма дала, та її у спину товк! та й примовила тихенько: «Причепись вп'ять». Олена після сього так і згоріла, та проміж народу пропхалася до пана Халявського, та його за руку сіп! і каже: «Бери мене! Як хоч, а бери! Коли ж в тебе є друга, то покажи, де вона, я їй, суці, тут же очі видряпаю. То я було обожеволіла, а тепер умру, коли мене покинеш…» – «Та я ж за тим, панночко, і прийшов, щоб з тобою закон прийняти», – сказав пан судденко та й потяг її за руку до стільця, а вже піп був поєднаний. Не забарились, проспівали «лозу плодовиту», окрутили круг стільця, звеліли молодим поцілуватись, вчистили з молодого півкопи та й відпустили, додому, а самі зосталися то свічки гасити тощо.

XII

Смутний і невеселий ходить по хаті пан конотопський сотник, Микита Уласович Забрьоха, урядившись якможна гарніш, і виголившись чистенько, і чуб підстригши любесенько. Ходить він по хаті, куди ще звечора приїхав з Конотопа у село, щоб у вутрені вінчатися з панною хорунжівною Йосиповною, як учора домовилися. Тільки що вдарили в дзвін до утрені, вже він і скочив, і розбудив пана писаря Пістряка, Ригоровича, що покликав його у старші бояри.

Поки дзвонили, наше козацтво голилося, обувалося, одягалося; і як вже була пора, то, одягнувши нові, кримських смушків, кожухи, стали виходити.

– Та отверзайте, пане Уласович, без преткновенія. Приспі-бо час. Нуте ж, нуте! Пошто над защіпкою глумляєтесь? Сокрушайте її; отверзайте врата у сіни, – так кумандував пан Ригорович на пана сотника, що знай маца по дверям, та не відчиня.

– Але! – каже Микита Уласович. – Отверзай ти, коли знайдеш. Бач, нема дверей!..

– Чесо ради сиє бисть! – каже пан писар. – Двері суть на празі, а праг на дверях. Востягніть лишень плямку...

– Так яка тут у чорта плямка? Стіна гола, а дверей катма. От сам додивись!

Кинувсь пан Пістряк... хап, хап! мац, мац! – нема дверей та й клямки не налапа; сама стіна стала перед ним. Шука один, шука – аж употіє, свариться другий і перемінить його; стане скрізь обмацувати – нема та й нема!

– Що за недобра мати? Де у гаспида поділися двері? – аж скиглить пан Забрьоха; та з серця аж зубами клаца, бо вже давно у всі дзвони передзвонили.

– Видіх, двері, отверзающиїся сімо і овамо і се не бі! – так гарчав Ригорович, аж патли на собі рвучи. Далі каже: – А що сотворімо, пане сотнику? Розверзім об'ятія і приступім на прикосновеніє, дондеже сотворимо совокупленіє.

– Та кажи мені просто, пане писарю! Тепер не до письма! – казав йому, аж плачучи, пан Уласович. – Я й так себе не тямлю, а він ще письмом очі ковиря. Кажи-бо просто.

– Прикосновеніє, осязаніє, сиріч мацаніє. Дадіте вашу десницу у мою шуйцю, та й будемо разом мацаніє воспроїзводити круг усії хати, чи не сокришася де двері во онім місці або чи не який враг, ненавидяй добра, похити їх.

Насилу розчухав пан Микита, що писар хоче робити. От і прийнялися мацати по стіні. Один іде ув один бік, а другий у другий: мац, мац! хап, хап! «Чи є, Ригорович?» – «Ність! іщезоша, яко дим». – «Ходім дальш». Вп'ять пішли. «Чи обріли, пане Уласовичу?»-«Тьфу! Бодай вони зслизли! А вже й «достойно» дзвонять. А! морока та й годі!..»

Облапають усю хату, зійдуться вп'ять докупи... нема дверей, та й нема. Вп'ять розійдуться; той по сонцю, а другий навпаки сонця... лапають... Зійдуться... нема!

вже б раді хоч би віконце намацать, так і те кат його зна де ділось. Аж плачуть обидва. Пан Уласович Микита сів на долівці та давай уголос:

«Вже досі і вутреня відійшла, а мене панна хорунжівна дожидалась-дожидалась та, може, вже і додому пішла. Ой лелечко, лелечко!» А пан Пістряк, знать, щось своє надумав; як став серед хати, розводить пальцями і тільки що хотів щось сказати, аж ось… брязь плямка! рип двері!.. шасть у хату Явдоха Зубиха, їх приятелька, конотопська відьма, що сама таку мару на них напустила і двері від них сховала. От і загомоніла на них:

– Чи ви подуріли, чи показилися? Якого гаспида ви тут робите? Чому не йдете вінчатись? Але затого вийдуть з вутрені, і молода з дружками давно жде, а вони тут ханьки мнуть.

– Ох, тітусю! – насилу промовив пан Забрьоха. – Тут зовсім біда.

– Смущеніє велі́є учиниси, – сказав Ригорович, спідлоб'я приглядаючись на Зубиху. – Сія двер, з ню же проізведеніє сотворяєть увесь род чоловічеський, бисть погибшая; і се паки обрітеся, но како? не вім!

– Розкажи ти, пане Микито, мені по-людськи, а його ніхто не второпа. Що тут з вами за привиденіє було? – так питала Явдоха, буцімто і не знала нічого.

– Тут таке було, – казав пан Забрьоха, – що як його і розказати. Хтось було двері в нас вкрав! Вже ми їх лапали-лапали, обмацували-обмацували; прийшлось було пробі кричати, а ти тут і ввійшла.

– Те-те-те! Знаю-знаю! – каже відьма. – Бач, суча донька, що було наробила? Та я її переспорю. Вона ще й не таке хоче з тобою зробити, та ти не потурай. Іди лише з боярином швидше до церкви та й бери свою дівку. Не розглядай, чи вона Олена, чи не Олена, а тільки бери ту, що стоїть на рундуку, біля куни, та у руках червону маківку держить. Гляди ж, не дуже вередуй, і на Олену, хоч її і побачиш де, не квапся: то буде не вона, а з маківкою твоя. Бач, прибігла з Києва дядина пана судденка Халявського, ще зліша мене, та не з так зна, як я. Вона перш в тебе двері викрала, а тепер на панночку Олену наслала мару, буцімто вона і сліпа, і крива, і чирякувата, і короставa, і буцімто вона зовсім не вона. Отже, ти не царамонься, щоб псяюха не посміялася над нами. Вінчайся'сміливо; а як прийде від вінця, так я усе злеє відверну і її, стару суку, прожену. Біжіть же швидше. – Та, сеє кажучи, глянула на Ригоровича та й моргнула йому, а той кахикнув по-дяківськй та й сказав сам собі: «Догадавсь!»

От наші хлопці, подякувавши Явдосі усяк за своє, мерщій пішли собі. Поки дійшли до церкви, аж вже усі повиходили, тільки самі попи зосталися, дещо прибираючи, та з людей дехто, то свічечки міняючи тощо. А пана Халявського з молодою та з поїздом і духу не зосталося. А Солоха стоїть собі на рундуку, біля куни, маківку у руках мне і жениха жде. Пан Микита на неї зирк! так у нього у животі і похолонуло. Хороша краля! Дививсь, сердешний, на неї та, здохнувши важко, і каже:

– Що то за проява стоїть?

– Мню, – каже писар, – яко сія єсть єдиная із семидесяти дщерей царя Ірода, їх же він, окаянний, породи погуби ради рода християнського. Єдина суть лихорадка, друга лихоманка, третя трясця, четверта напрасниця, п'ята поганка, і прочії їм же ність числа, Аз же мню…

– Та не мни-бо, пане писарю, а кажи діло. Чи це перевертень, чи се вона справді така?

– Єй, господине! Єгда воззрю на неї умними очима, то зрю панну Олену, хорунжівну, Йосиповну, превелеліпную дівицю, єгда же расмотрю її гріховними, плотськими очима, то обрітаю її із'їдомою паршами паче усіх мерзостей усього лиця землі. Аз же мню, яко сіє єсть обаваніє Явдохи велемудрої, рекше Зубихи, єже устрої посмінія ради тресугубо-анахтемськи проклятої відьми київської.

– Так що ж, пане писарю, брати?

– Та беріть, добродію. Аще совість не зазрить, беріть. Сотворіте совокупленіє, а по совокупленії усякої обаваніє іщезаєть, яко дим, і расточаєть, яко прах перстний.

От пан Уласович підтяг живіт та підійшов до Солохи та й каже:

– Чи не соізволяєте, панночко, зо мною шлюб прийняти? – А Солоха і загугнявила:

– Соізволяю.

Мерщій побравшись за рученьки, як голуб з голубкою, і ввійшли у церкву та до стільця.

Не забарились і їх обкрутити. Панотець і каже: «А поцілуйтесь!» Пан Забрьоха не дуже розглядав, обтер уси та свою гарну молоду цмок! на усю церкву, та з радощів і викинув попові аж п'ять алтин, та усе денежками, і пішов з своєю молодою у Безверхий хутір. А старший боярин, пан Пістряк, кишки рве зо сміху, та біга по селу, та збира свій поїзд, щоб швидше на посаг молодих садовити.

XIII

Смутний і невеселий стояв, понуривши голову аж до грудей, пан конотопський сотник, Микита Уласович Забрьоха, у Безверхому хуторі, біля панських хат, дивлячись, що панна хорунжівна, Олена Иосиповна, сидить на посаді з паном судденком, Дем'яном Омеляновичем Халявським, а біля нього стоїть… Солоха! Дівка гарна, чепурна, одягна… бо що було на ній до вінця позичено, чи плахта, чи свита, чи намисто, чи скиндячки, то усе люди своє познімали, а вона й зосталась голомоза, боса, сорочка чорца, дірява, розхристана, і тільки що шматком старої плахти зап'ялась та й годі. От усе убрання на ній! Оттак-то йому удружила Явдоха Зубиха, конотопська відьма, за той бешкет, що він їй на річці і над річкою при всій громаді зробив. А й не він же то, коли по правді сказати; то поравсь з нею пан Пістряк; він і пана сотника на се навів; ну, та знаєте, що на світі усе так іде: що писар збездільнича, так йому і нічого; а суддя здуру, не знаючи діла, підпише, так він і у відвіті; на ньому усе лихо і складеться.

Стояв-стояв пан Уласович довгенько і розуму не приложить, що йому теперечки на світі й робити! Забіг би на край світу, та уже шлюбу не розірве: казав-бо при вінчанні, що «не покину її аж до смерті». А як гляне у вікно, – його панна Олена сидить край пана Халявського; як послуха, що дружечки приспівують вже не так, як учора, замість Микитки та вже Дем'янка, а сліпий скрипник, сидячи у сінях, що є духу скрипить Дербенський марш[19], а бісова відьма, Явдоха Зубиха, замість матері сидить у червоних юхтових чоботах з підковами у п'ядь, а на голові кибалки, що усе-то зять, пан Халявський, надарував, та ще вона визирне до нього у віконце та й глузує над ним: так аж об поли б'ється руками і зубами клаца.

Пан Ригорович мав було покинути і своє боярство і притулитися до чужого весілля, бо бачив, що тут і страва усяка мудра, і горілки багацько, і поштують напідряд усіх, не розбираючи, хто першу п'є, а хто вже і п'яту. Піткнувсь було, так йому і чарки понюхати не дали, і у хату ходу не дали: «Іди, – кажуть, – собі на своє весілля». От він подумав, що, каже, «живе покину, а мертвого піду ськати», плюнув їм через поріг та й пішов до свого доїзду.

От їх дружно зібрав усіх і каже:

– А що ж, пане сотнику! якого пива наварили, таке будемо й пити. Чого тутечка будемо розглядати? Треба своє діло справляти. Поїдемо лишень у Конотоп, треба як почали, так по закону і скінчати; вже й нерано.

Поїхали, приїхали, сяк-так дали порядок, достали дечого у пана Уласовича з материзни, прикрили грішне Солошине тіло, стала хоч трохи не з так бридка; посадили молодих за стіл, страви ж було усякої наварено, була ж і горілка, була й варена. Таки нічого сказати: було діло з порядком.

Чи співали дружечки, чи не співали, чи танцювали парубки з дівчатами, чи не танцювали, а мерщій поділили коровай та й положили молодих спати… Здихнув не раз тяжко та важко пан Уласович, згадуючи, на яких би то м'якесеньких подушечках спав би він з панною хорунжівною, і усе... і теє... а тут довелось лягати на своїй паничівській перині, та ще з коростявою Солохою... Та ще на ту біду, збираючись на панні Йосиповні женитись, Пазьку, таки наньмичку свою, що йому усегда після обід у головці ськала, відпустив до пана писаря до того ж діла. А сидячи на посаді з своєю Солохою, як вздрів Пазьку, що прийшла на весілля дивитися, так... аж оскома його узяла...

Ну, сяк-так переночували. Яка не була Солоха, а прийшлось тій, що замість матері, по закону хомут надівати, як водиться часом по весіллям у городі...

Ще дужче пана Уласовича узяв жаль, як пан Халявський з своєю молодою прибіг тарадайкою у город покриватися. Попереду везуть на превисоченному дрючці запаску шовкову та червону-червону, як є сама настояща калина... і коням чуби, і музиці і руки, і скрипку, і чуб, і уси червоними лентами попев'язували; і покривали молодих у церкві. А в пана Микити Уласовича Забрьохи, хоч і є стьожка, є й хустка, та ба! не вивезло. Повів Солоху покривати дружко... на сміття, по закону. Лихо нашому панові Забрьосі та й годі!!!

Зібралися люди, лагодяться калач розділяти, змовляються, чим пана Забрьоху даровати: «Сякий-такий, а він є сотник над сотнею, старшина, жменею прядива не відбудеш; а коли не так, то він таки своє коли-небудь віддячить». От радяться промеж себе: той хоче баранця, той порося, той телушку дати, і вже пан Пістряк, звичайно, як писар, узявши вугіль у руки, хоче записувати на стіні, хто що подарує; а дружко збирається викрикати такими голосами, яку хто скотину подарує...

аж ось і вбіг козак із Чернігова і зараз подав письмо до пана сотника від самісінького пана полковника чернігівського.

Надувсь наш пан Забрьоха, мов індик, і став шикати, щоб усі заморчали, і каже: «Цитьте лишень, мовчіть! Пане писарю! а прочитай-ке сей лепорт. Бач, мені ніколи; я теперечки на посаді сижу, я молодий. А читай, читай! Чи нема якої новини або якої милості? Та голосніш читай!»

Поки пан Пістряк читав по складам та зопинявся над словотитла, так ще нічого; як же став по верхам читати, так ну! – фіть! фіть!.. та й тільки. Там було таке писано, що пана Забрьоху, таки нашого Микиту Уласовича, зачим не послухав пана полковника чернігівського та не прийшов з хваброю Конотопською сотнею у Чернігов, як йому було писано, а замість того заполіскував у ставку, конотопських молодиць та старих баб, мов плаття, та з півдесятка їх на смерть утопив; а далі, як вишукав промеж них відьму, та їй і піддався, і чортяці душу закріпостив, та й літав у вирій, мов той птах заморський, що усі люди бачили, і дивувались, і полякались, а деяким малим дітям і переполох виливали, так-то добре кумандував пан сотник над своєю сотнею; так за те його з сотничества і змінити...

Як се почув народ, так і вжахнулись, і стоять, роти порозявлювавши, а наш сердешний Забрьоха сидить, мов гарячим борщем похлинувся... і казати б то, і у горлі застряло, і поблід, і посинів, і зопинився, і сльози пустив. А Ригорович йому і каже: «От так же, пане сот... чи то пак вже, пане Микито! Так тобі і треба. Ти вже було дуже розібрався, і вже й писаря не слухав, і мав умніший його бути, та, бач, у вирій літав, та сотничество і пролітав. Се ж ще на першому листку так написано, а ось перевернемо на другий, що то там прочитаємо. Може, й наш верх буде. Цитьте ж усі, слухайте; кого начитаю над вами сотником, так зараз покланяйтесь йому і на ралець з гостинцями ідіте».

Та й – перевернув папір, уси розгладив, озирнув усіх, щоб дивилися на нього, і кахикнув тричі по-школярськи, і став читати… Як же начитав, що конотопським сотником настановили не його, як він бажав і щиро надіявся, і з тим і Забрьоху скрутив з сотничества, а з другої сотні узяли судденка, Дем'яна Омеляновича пана Халявського, та й письмо упустив, і голову похилив, і довго думав, думав, далі підняв голову та й каже собі: – «Дарма! підіб'юсь під нового та й буду над ним орудувати. Недовго буде панувати. Пошию і сього у дурні, його і замінять, тоді вже, певно, я буду. Оставайся ж, пане сот… чи то пак, пане Микито, з своєю Солохою, а я піду до нового пана сотника, Дем'яна Омеляновича, і той подарунок, що лагодив тобі на весілля, понесу йому на ралець. А хто, хлопці, за мною?»

– Я! я! я! я! – заревла громада і потягли з хати, незважаючи, що й чарки поналивані і калач дружко покраяв. І що то сказати: усі, і дружко, і піддружий, і бояри, і усі розійшлись; зоставсь сам Микита з Солохою; нікому було й страви їсти, що на обід понаварювали.

Оттаке-то було весілля у Микити Уласовича Забрьохи, що був колись у славному сотенному містечкові паном сотником!

XIV

Смутний і невеселий увійшов на другий день у хату до Микити Уласовича Забрьохи пан конотопський писар, Прокіп Ригорович Пістряк. Та, ввійшедши, так і поточився на лаву, схививсь на стіл та й заголосив…

– Не задавай жалю, Ригорович! – каже йому Уласович. – Тут і так нудно на світ дивцтись. Чого-бо ти виєш, неначе собака? Хіба чи не напала і на твою Пазьку короста, як на мою Солоху?

– Бодай усі на світі і Солохи, і Пазьки, і Явдохи, усі, усі покоростявіли, то мені й байдуже. Горе, Уласовичу! горе постиже мою утробу до раздраженія!

– А мені що за нужда? – казав Микита, згадавши, як відійшов від нього Пістряк, почувши, що його змінили, і не дав йому ніякої порадоньки, та ще й у вічі насміявся.

– Не возпом'яни моїх перших беззаконій, друже! Нині і аз грішний у просторі содержуся.

– Як так? – спитав Уласович; а Пістряк по-своєму, по-письменницьки, і розказав, як він прийшов до нового сотника прехваброї Конотопської сотні, Дем'яна Омслюновича пана Халявського, і як той, каже, «воззрів на нього гордям оком і нечистим серцем, аки на пса смердяща», і звелів йому писати до вельможного пана полковника лепорт об такім і об такім ділі. Ригорович захотів помудрувати і, щоб з першої пори зануздати пана сотника по-своєму, щоб не дуже бришкав проти писаря, написав по-своєму. Пан сотник розчухав, що не так, бо й сам був письменний, каже писареві: «Не так!», а писар йому ув одвіт:

«Так! я вже знаю, що по-моєму лучче буде!» Пан сотник крикнув: «Пиши по-моєму!» а писар каже:

«Я на те писар, я знаю, як і що треба!» Як же пан сотник розлютується, як крикне:. «Так ти вже не писар, сякий-такий сину!» – і почав коренити і батька, і матір, попред Забрьошиних, а далі й Пістрякових, і ввесь рід їх, а далі самого Пістряка лаяв-лаяв на всі боки, та в потилицю вигнав його з хати, і змінив його з писарства, а намість цього настановив підписчого, хлопця, блазня, «єго же, – так закінчив Пістряк, – не єдиножди за возлобіа чухрав і по лядвіям поруганіе чиних».

– Скажи мені на милость, Ригорович, – питав Микита Уласович, – хто се нам таку пакость укрутив?

– Оле мені! – здихнувши, казав Пістряк. – Враг рода чоловічеського, Явдоха Зубиха, великоіменитая відьма преславної слободи Конотопа. Сия-то увозмездила, що й політев єси, аки птиця пернатая; вона обуяла і панну хоружівну, нині паню Халявську; та ще – ох! – і сотничку, воєже би іміти непреткновенноє намереніє соїтися з тобою у брак; вона і до убитку тебе препроведе; вона і глумленіє над нами вчинила, похитивши в нас двері; вона преврати гнусообразную твою пану Солоху – нехай здорова буде! – замість ліпообразної панни Олени і одружи тебе з нею; вона, вона всьому злу суть і вина, і причина, і предмет. А все сіє учини ув отмщеніє за поруганіє над лядвіями єя. Вотще ми її, друже, замість прочуханки, не сожгохом, яко язичницю, хварисейку, садукейку і митарку, у пещі халдейській!

– Так подаймо на неї лепорт! – казав Забрьоха. – Нехай вона нам заплатить за безчестя, що нас позміняли та ще мене на Солосі оженили. Нехай її посадять у колоду…

– Овва! – здихнув Ригорович і каже: – Не імать нині власті над нею ніхто. Пані сотничка учинила їй парчеве возглавіє, сиріч очіпок, і нову намітку, і плахту; а пан сотник Халявський пристави до її раба і даде коня, і месника, і ділателя, щоб і дрова рубав, і воду возив, і кота годував. І дана їй власть на усьому лиці земному і чаклувати, і обаяти, і глумитися цілоє врем'я і полвремені.

– Так, знаєш, що зробимо? Закличем її, мов добрі, до себе в гості. Перш, почастуєм, а далі надаєм тусанів, і щоки їй попіб'єм і зуби останні повибиваєм.

– Плюнь, друже, на сію Явдоху! А паче усього повели, господине, унести носатку чого-небудь. Ось випиймо журби ради, то лучче буде пане і обаче.

– Та й випиймо ж!

От Уласович і гукнув на Солоху, а вона їм уточила і унесла, чого треба було. Стали кружати. Повиціджувавши гарненько скільки там носаток, з журби ледве розійшлись по хатам. І після того що день, то й сходилися журитися, та знай куликали, бо нічого їм було більш робити… Минулося панство!

ЗАКІНЧЕНІЄ

А сюю повість, або казку, та розказував мені покійний Панас Месюра – коли знаєте; і вона дуже довга. Там є таке, що й пан Халявський, Дем'ян таки Омелянович, от що настановили сотником у славному сотенному містечкові Конотбпі намість Микити Уласовича пана Забрьохи, дуже швидко перед начальством щось процвиндрив, і його з сотенства змінили. А його жінка, себто Олена Йосиповна, що була панна хорунжівна і попереду жила у Безверхому хуторі, що на Сухій Балці, так щось там… якось-то… гм! проброїла… не знаю, що і як… тільки мужик їй і очіпок збив, усі патли пообривав, і очі попідбивав, а далі підрізану водив по усьому Конотопу по вулицям, а писарю, що намість Прокопа Ригоровича Пістряка став, молодий парень, собою чорнявий та красивий, та узяв та півголови йому уподовж оббрив, та й прогнав від себе…

Усім же їм се сталося ось за що. Пану Забрьосі – щоб не здавався на писаря, а робив сам, як він є начальник, та щоб робив по правді, щоб слухав, що приказано від начальства, а то йому начальство предписує у поход іти, може, боронити народ від неприятеля, а він узявсь заполіскувати жінок, бач, топити відьом, щоб вернули дощ на землю; буцімто відьми можуть проти небесної сили яку капость на світі зробили? Усе йде по божому повелінію. Та щоб не топив народу; бо, поки до відьми добрався, скільки душ згубив позанапрасно? Щоб не удавався в чаклування, покинувши бога милосердного, бо чортяка зараз через свою наньмичку, Зубиху, поправся над ним добре, що і у вирій полетів, мов гусак, людям на сміх!

Пістряку Ригоровичу – щоб не обдурював свого начальника, не пошивав його в дурні, а щоб робив і казав перед ним усю правду. Щоб, розсердившись на людей, не робив їм біди, як тут з жінками: на кого сердився, а скільки душ занапастив, у воді потопив, і сиріт зоставив? А що найпуще, щоб не пив так цупко горілки.

І пану Халявському з його жінкою не минулося; не пожили у ладу. Зачим зараз кинулися до відьми? Зачим через чаклування – та ворожіння, покинувши закон святий, собі побралися? Еге! Хоч і прийняли шлюб, та як не через божу волю, а через Явдоху та через її реп'яхи та кісточки сушеної жаби, так воно усе і пало прахом.

А що Зубисі досталося, то нехай бог боронить! Поки пан Халявський був конотопським сотником, так пожила у розкоші. Був їй і батрак, була й наньмичка, від сотника панщиною приставлена, і на ралець ходили до неї люди зараз після сотнички, і ніхто не смів її не тільки відьмою або чим взивати, та ще й величали її по меннню: Семеновна, або пані Зубиха. От до чого було прийшло! Як же пана Халявського змінили, так і на неї увесь мир плюнув. Та вона таки швидко зачахла, зачавліла і скоро дуба дала. Та ще не зараз і вмерла. Що вже страждала! Умира і не вмира; і руками, і ногами не двига; а стогне на всю хату, – так що і на вулицю чути було. А тут ще кіт її розходився та нявчить за нею скільки є духу… От там-то не страшно було!.. Далі зірвали стелю… тут де взявся ворон, та чорний-чорний; улетячи у хату, надлетів над неї, крилами махнув… тут їй і амінь… тільки зуби вискалила!.. а кіт так і лопнув, як пузир; а ворон, хто його зна, де і дівсь!.. Нікуди її по-людськи ховати; виволокли за село, зарили ниць у яму, прибили осиковим кілком та зверху і заплішили, щоб ще не скочила. Собаці собача смерть!

От вам і конотопська відьма!

ПРИМІТКИ

1 – Вперше надруковано в збірці «Малороссийские повести, рассказываемые Грыцьком Основьяненком», кн. 2. М., в тип. Лазаревых института восточных языков, издание Андрея Глазунова, 1836, с. 107 – 347.

Автограф невідомий.

«Конотопська відьма» написана в 1833 р., цензурний дозвіл М. Каченовського датовано 4 жовтня 1833 р.

Це найбільша українська повість Квітки, де дійсність зображується в сатиричному плані. Автор переплітає реальні факти і події з фантастичними, казковими, широко використовує перекази, анекдоти, легенди. У листі до Плетньова письменник, посилаючи автопереклад «Конотопської відьми» для журналу «Современник», писав: «И я буду утешен, найдя суд, а не безусловное снисхождение. С такою надеждою на благорасположенность Вашу прилагаю «Конотопскую ведьму», нелепую по содержанию своему, но все это основано на рассказе старожилов. Топление (мнимых) ведьм при засухе не только бывалое, со всеми горестными последствиями, но, к удивлению и даже ужасу, возобновленное помещицею соседней губернии» (Квітка-Основ'яненко Г. Ф. Зібр. творів. У 7-ми т., т. 7, с. 214).

Автопереклад російською мовою був надрукований у журналі «Современнік», 1839, т. XV, кн. 3, с 1 – 129 (Конотопская ведьма. Из повестей Грыцька Основьяненка. В. Н. С).

Рецензент «Журнала министерства народного просвещения» (1839, ч. XXIV, с. 186), аналізуючи повість Квітки, писав, що «волосний писар Пістряк гідний пера Мольєра і Діккенса». Майстерність Квітки як сатирика неодноразово відзначав І. Франко. Він підкреслював, що «у «Конотопській відьмі» дав Квітка незрівнянний майстерний малюнок старих козацьких порядків, може, з половини XVIII віку в новочаснім сатиричнім освітленні» (Франко І. Нарис історії українсько-руської літератури до 1890 р. Львів, 1910, с 89).

Подається за виданням «Малороссийские повести, рассказываемые Грыцьком Основьяненком», Харків, 1841, кн. 2, с 109 – 347.

2 – Каверзу.

3 – Граматка – буквар, виданий у Києві (Грамматика, руководствующая к познанию славенороссийского языка. Типография Киево-Печерской лавры, 1794).

4 – Часловець (часословець) – церкоєна книга, що містить тексти молитов.

5 – Три з половиною.

6 – Чотири з половиною.

7 – Гласи – у давньоруському церковному співі комплекс поспівок, які розрізнялись за мелодійною структурою, кількістю і останнім тоном.

8 – Єрмолойні догматики – молитви, які призначалися для співу під час богослужіння.

9 – Вторує, підспівує.

10 – Рапорт.

11 – В лице.

12 – Карання школярів по суботах.

13 – Сиділа під арештом, прикута до церковної стіни за неморальні вчинки.

14 – Рід танцю.

15 – Грошей.

16 – Сирників.

17 – Дрижаки.

18 – Тобто в передостанній клас семінарії.

19 – Марш на честь перемоги в 1796 р. російських військ над армією перського шаха Ага-Мохаммед-шаха і взяття Дербента.

Українська бібліотека

- *Енеїда* – Іван Котляревський
- *Захар Беркут* – Іван Франко
- *Борислав сміється* – Іван Франко
- *Гайдамаки* – Марко Вовчок
- *Інститутка* – Марко Вовчок
- *Хіба ревуть воли, як ясла повні?* – Панас Мирний
- *Лісова пісня* – Леся Українка
- *Тіні забутих предків* – Михайло Коцюбинський
- *Дорогою ціною* – Михайло Коцюбинський
- *Земля* – Ольга Кобилянська
- *Конотопська відьма* – Григорій Квітка-Основ'яненко

Бібліотека постійно поповнюється...

www.glagoslav.nl

www.ingramcontent.com/pod-product-compliance
Lightning Source LLC
LaVergne TN
LVHW041954060526
838200LV00002B/14